U0450530

文化德宏

盈

古道边关　万象盈江

中共盈江县委宣传部　编

云南出版集团　云南人民出版社

文化德宏·盈江

本卷撰稿	董　德	杨天培	余天平	尹兴艳	周德才	刘　寥
	冯镲濠	许三勇	早生荣	曹大正	陈春刚	思永莉
	孟威旺	张　蓉	曹大荣	雷自文	尚有王	廖保仁
	李培钰	李秀兰	马　楠	杨丽春	杨新月	克摆恍
本卷摄影	陈春刚	杨天培	钟学贵	刘庚寅	寸时新	周德才
	廖保仁	何海燕	梁本明	岩过保	郑　彬	郑山河
	杨永明	李秀兰	曾祥乐	朱边勇	尹以祜	杜银磊
	何学胜	班鼎盈	李　鹏			

盈江

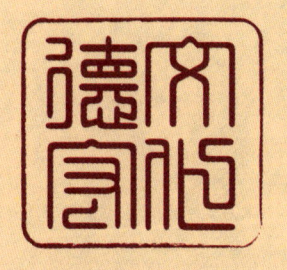

图书在版编目（CIP）数据

文化德宏.盈江/中共盈江县委宣传部编.——昆明：云南人民出版社，2022.2
ISBN 978-7-222-20628-1

Ⅰ.①文… Ⅱ.①中… Ⅲ.①散文集-中国-当代 Ⅳ.①I267

中国版本图书馆CIP数据核字（2022）第018431号

出 品 人：赵石定
责任编辑：刘　焰
助理编辑：梁明青
装帧设计：熊·小熊
责任校对：姚实名
责任印制：窦雪松
书名题字：孙太仁
封面绘画：杨小华

WENHUA DEHONG · YINGJIANG

文化德宏·盈江

中共盈江县委宣传部　编

出　　版：云南出版集团　云南人民出版社
发　　行：云南人民出版社
社　　址：昆明市环城西路609号
邮　　编：650034
网　　址：www.ynpph.com.cn
E-mail：ynrms@sina.com
开　　本：787mm×1092mm　1/16
印　　张：16.5
字　　数：260千
版　　次：2022年2月第1版第1次印刷
印　　刷：云南出版印刷集团有限责任公司华印分公司
书　　号：ISBN 978-7-222-20628-1
定　　价：79.00元

如需购买图书、反馈意见，请与我社联系
总编室：0871-64109126　发行部：0871-64108507　审校部：0871-64164626　印制部：0871-64191534

版权所有　侵权必究　印装差错　负责调换

云南人民出版社微信公众号

总　序

地处高黎贡山余脉的德宏，江河南流，翠色尽染，历史悠久，文化璀璨，被人们誉为"美丽的孔雀之乡"。

闭目冥想，亿万年前，亚欧板块和印度洋板块漂移相遇、碰撞结合，使高黎贡山从海洋深处崛起，形成云南西部一堵"壮观的墙"，并分割着亚洲最重要的两片地域，你可曾想到这个山脉的崛起将产生怎样的意义？

伫立于德宏这块丰饶的沃土，聆听南方丝绸之路上的声声马铃，你是否感叹中原文化、南诏古国文化与勐卯果占璧文化相互碰撞、交融后所产生的辉煌？

假使说"文化德宏"丛书是一套内涵丰富、博大精深的现代版"德宏史记"，那么，这部"德宏史记"将向你展示西南边陲明珠所蕴含的久远与厚重、传奇与浪漫、和谐与包容。透过"德宏史记"这套传奇之书，你将看到从新石器时代一路走来的德宏，用4000余年的丰厚积淀，堆积出自成一体的文化精粹和人类文明。

一

毫无疑问，这场来自远古的漂移相遇与碰撞，创造了一道绿色的屏障，铺就了一条生命成长的走廊。从此，一群生活在瑞丽江流域的南姑坝古人类便在这里狩猎捕鱼，用笨拙的双手打磨出最初的石刀、石斧、石锛，烧制出夹着沙粒的红、黑陶器，成为最早的稻作民族，并用贝多罗树叶制成了"贝叶经"，记录了自成一体的天文历法、佛教经典、社会历史、哲学、法律、医药等诸多内容，形成了流传经久的贝叶文化。

穿越浩瀚的史海，去寻觅德宏古老的文明，你会看到那个威武的莽纪拉扎"大王"乘着神奇的白象和他的子孙通过经年鏖战，创立了达光国、勐卯果占壁王国、麓川王国。《史记·大宛列传》载："昆明之属无君长……然闻其西千余里有乘象国……"而唐人樊绰所撰《蛮书》卷四《名类》记载："……妇人披五色娑罗笼，孔雀巢人家树上……土俗养象以耕田，仍烧其粪。"这应该是中原王朝的先贤们对傣族古老王国最早的记录。

当那一条世人知之甚少的"蜀身毒道"经德宏出境进入缅甸，最后到达印度和中东的传闻得到证实后，一个名叫马可·波罗的意大利人和明代著名旅行家徐霞客都慕名而来，并给德宏留下了史诗般的描述。

数千载风云变幻，五百年土司延续，三宣六慰、十司共治、改土归流，终将被历史发展的洪流带入跨越之舟，驶向光辉的彼岸。

二

打开尘封的记忆，在德宏这块美丽神奇的土地上，生活着傣族、景颇族、阿昌族、傈僳族、德昂族五个世居少数民族。他们在漫长的历史发展过程中，不但创造了灿烂辉煌的历史文化，更承传了绚丽多彩的民族风情。

德宏的历史文化艺术不仅有过古老的辉煌，而且沿袭几千年，积淀了丰富和厚重的民族民间艺术资源，是少数民族文化艺术的"活宝库"，也是现代德宏文化艺术赖以继承和发展的优势所在。这里有独特奇异的边疆民族风情，多姿多彩，让你目不暇接。

他们与水结缘，与水的狂欢，用贝叶书写着古老的文明；他们在高耸入云的目瑙柱下跳起了来自天堂的舞蹈——目瑙纵歌，传唱着久远的创世史诗"目瑙斋瓦"；他们挥舞着闪亮的户撒长刀，演绎着千锤百炼后的"遮帕麻和遮咪麻"；他们不畏艰险赴刀山火海，演绎不一样的坚毅和勇敢；他们是茶的民族，是古老的茶农，在时间的流逝中吟唱着"达古达楞"。

2019年11月12日，文化和旅游部公布了最新国家级非物质文化遗产代表性项目保护单位名录，德宏上榜13个国家级非物质文化遗产代表性项目。这是一本记忆的档案，这是一份德宏的家珍。千百年来，这些五彩缤纷的文化艺术在静态保护和活态传承中璀璨绽放，散发着迷人的文化魅力。

来德宏吧，在这里你可以看到原生态的"孔雀舞""嘎秧舞""象脚鼓舞""目瑙纵歌舞""银泡舞""阿露窝罗舞"和"三弦舞"，听着葫芦丝演奏的《有一个美丽的地方》和《月光下的凤尾竹》，让你的梦浸淫在绚丽多彩的民族风情画廊中。

三

感谢这场来自远古两个地球板块的相遇与碰撞，它让地处东经97°31′—98°43′、北纬23°50′—25°20′的德宏群山连绵，层林密布，郁郁葱葱。造就了德宏特殊的地理位置和特有的地形地貌，形成了德宏立体多样的气候，让这里光照充足，雨量充沛，冬无严寒、夏无酷暑，花开四季、果结终年。

风光旖旎的瑞丽江、大盈江两条水系穿行于山坝之间，不是仙境，胜似仙境，让德宏拥有"孔雀之乡""热区宝地""天然温室""鱼米之乡""香料王国""热带亚热带物种基因库"等美称。

在这个最适宜人类居住的地方，你可以欣赏到秘境丛林中万物竞生，犀鸟、菲氏叶猴、白腹锦鸡等各种珍稀兽类和禽类在铜壁关国家级自然保护区里出没。珍奇树种应有尽有，山高水长皆入诗画，独树成林唤醒江湖。当镜头对准大自然时，会发现神奇之美无处不存。

德宏——她不施粉黛，美得自然、古朴、恬静，是人们向往的诗和远方。来一次说走就走的旅行吧，走进德宏的热带亚热带雨林，去拥抱灵动的自然，去触摸神秘的画卷，去尽情享受精神家园的回归。

四

德宏——这个古老的南方丝绸之路必经的驿站，历经的苦难实在是太多太多，但境内的各族人民总是挺起脊梁，守护家园。

这里地处祖国西南边陲，战略地位极为重要，自古以来为兵家必争之地。唐宋元明，不必赘述，进入近现代，由于英、日帝国主义的相继入侵，各族人民奋起抗击，表现了不屈不挠的反帝爱国精神。清光绪元年（1875年）在盈江蛮允发生的马嘉理事件，让腐败无能的清政府签订了屈辱的《烟台条约》（又称《滇案条约》）。为了抵御英军入侵，先有干崖土司刀安仁率众在铁壁关抗战达八年之久，后又有陇川王子树景颇族山官早乐东，面对强敌临危不惧，英勇抗击入侵英军，挫败英帝国主义妄图蚕食我国领土的阴谋。云南辛亥革命的先驱，傣族民主革命的先行者刀安仁率领德宏各族人民发动腾越起义。为了全国抗战的最后胜利，德宏各族百姓无怨无悔，用最原始的工具创造着筑路奇迹，把血与泪铺洒在滇缅公路上。南宛河畔的雷允，一座飞机制造厂悄然诞生。滇缅路公上，3200多名南侨机工在日夜奔忙，有1000多人在这条血线上因战火、车祸和疾病为国捐躯。1950年4月29日上午，鲜艳的五星红旗插上畹町桥头，从此，德宏边疆各族人民便开始了千年的跨越，《有一个美丽的地方》就此唱响。借助改革开放的春风，瑞丽江畔的姐告——一个昔日的牧场引发了历史嬗变。

德宏与缅甸山水相连，村寨相依，中缅两国友好交往的历史源远流长。从缅甸琉璃宫中"胞波的传说"到唐代白居易的《骠国乐》，从中缅两国总理跨过畹町桥到德宏傣族景颇族自治州州府芒市举行中缅两国边民大联欢,从一口水井两国共饮到享誉四海的"中缅胞波狂欢节",从小小留学生到国门书社,从"一马跑两国"到"丝路光影"国际微视频德宏影展,都诠释着中缅两国历久弥新的胞波情。

晨钟,荡不开两岸血浓于水的兄弟情结;暮鼓,传递着中缅两国人民世代友好的既往。

五

阳光毫不吝啬地倾洒在布满棕榈树的街道上,数座翡翠般晶莹的袖珍小城,就用悠闲的时光将每个来到这里的人"俘获"。透过"文化德宏"丛书,你是否愿意去仔细地揣摩和品味深藏在大街小巷或山乡村野的德宏味道?

走进德宏,徜徉在柔软的时光里,去感悟德宏众多奘房的幽静,去聆听风铃歌唱时散发出的袅袅余音。如果你还是个吃货,就更不该错过傣族最爱的"酸、甜、苦、辣、生",拿出你的勇气去品尝一下"撒"的味道和奇特的昆虫食品吧,再不然就去感受一下景颇族"绿叶宴"的视觉和味觉的双重盛宴。

造物主仿佛特别宠爱这个地方,用了太多的乳汁、太多的色彩勾画这片沃土,让她闪烁出神秘而悠远的光彩。

愉悦地走进德宏色彩斑斓的世界,看勐巴娜西的黎明之城,到瑞丽江畔捡拾遍地的美丽,把水墨陇川拷进硬盘,让万象之城的大象驮着你去看梁河的"塔往右,水往南"。

你听说过"玉出云南,玉从瑞丽"吗?来德宏吧,看看现实版的翡翠传说,观察一下翡翠直播的新业态,体验一把珠宝市场万人簇拥的早市、晚市,选购一块与你结缘的翡翠,把山清、水秀、天蓝、恋情留在此地,把最美的诗和远方带回你温馨的家。

或许你感觉德宏古老的历史已经沉睡,但要相信记录历史的时间依然醒着，因为在这块神奇美丽的土地上，有一群本土的历史文化名人，在特定的历史时期，用有限的生命铸造着德宏文化的历史丰碑，它将承载着今人的记忆驶向希望的未来。

文化德宏，史记德宏，能让你倾听每条江河流淌着的婉约之音，目睹每座青山描绘的瑰丽乐章，看到生命的创造，看到希望的拓展。当你与德宏相遇牵手，就能够触动你心灵深处那一根敏感的神经，并生发一种魂牵梦萦的情愫。

目录 Contents

001　第一章　丝绸古道　沧桑印记

002　勐腊：这个名字已有两千五百年
007　哀牢县衙：第一条国际陆路交通线
019　明代"上四关"
027　万象城王国：鸡蛋公主
031　芒允马嘉理事件的民间传说
036　辛亥革命根据地
057　血色记忆
086　允燕佛塔
089　"边纵"新春寻故地
094　在改革开放中崛起的"边关系列丛书"

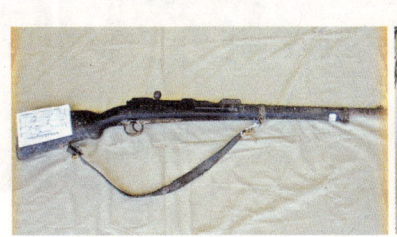

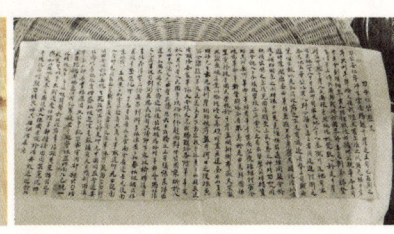

127　第二章　生态雨林　万象盈江

128　天行鸣唱大娘山
136　华夏榕树王：在岁月的烟云中沉浮
142　水韵盈江　湿地风光
154　探秘中国犀鸟谷
161　石梯之游
168　犀鸟在等风来
　　　——望远镜里的盈江鸟类世界
173　诗蜜娃底
182　黄草坝的疙瘩树
185　中国橡胶母树
187　凯邦亚湖好风光

191　第三章　边关故地　人文荟萃

192　景颇山官歌唱毛主席
199　丰富多彩的山歌
202　大娘山下之光邦
211　阔时木瓜：上刀山、下火海
220　摆利璋
224　景颇族"帕兰荼莎节"
227　干崖：中国傣戏发祥之源
231　"格楞当"之南算大鼓
236　盈江三味
243　中华翡翠毛料城

第一章

丝绸古道　沧桑印记

西南边疆，在祖国大地上土司制度最后消失之处，有一个神奇的地方，那就是沿边特区，开放前沿，吉祥勐腊，美丽盈江。

佛陀到此便有了勐腊的称谓，"蜀身毒道"的加速开通，使之成为中国历史上第一条国际陆路交通线的关隘之地，故明代建"上四关"。顿哄罕，是民族英雄帕应法成为中国民主革命先驱刀安仁的转折点。从抗战烽火的血色记忆，到新中国成立60周年建成盏西革命烈士陵园，"边纵"情系边关，展示边疆人民的情怀！

勐腊：这个名字已有两千五百年

> 佛陀云游到达的时刻，是在傍晚。从此，盈江这个地方就叫勐腊，至今已有两千五百年！

以前的盈江汉语叫干崖，傣语称"勐腊"。1932年以后干崖改称盈江，而勐腊的称呼一直沿袭至今。很多人自然都还记得勐腊的来历：佛陀沿着"蜀身毒道"云游，到达干崖时天色已晚，故干崖被称为勐腊。佛祖的云游传说，让勐腊被视为吉祥如意、大福大贵和大器晚成之地，各行各业人才辈出。

佛陀，是对佛祖释迦牟尼的尊称。公元前588年（一说为公元前530年），35岁的佛陀在菩提树下静思得道，悟出世间无常和缘起诸理，随之实施教化。6年后，即佛陀41岁时他到达今盈江县境。从佛陀云游至此到现在已经2500多年了！

尽管东汉永平十二年（69年）时称其为"哀牢"，唐南诏、宋大理时称"干赖赕"，元代《经世大典·征缅录》记称"干额"，《大元混一方舆胜览》记作"乾崖"，《元史·地理志》记述镇西路"其地曰干赖赕，曰巨澜赕"，《明实录》中永乐元年（1403年）记作"千崖"， 永乐二年（1404年）始记"干崖"，明天顺二年（1458年）干崖分设为干崖、盏达两地，1932年又改称盈江、

❶ 大盈江黄昏
❷ 大盈江晚霞

莲山（官方称谓）。但是"勐腊"这个称谓始终如一，这是大盈江两岸两千五百年的纪念。

好一个沿边特区、千年勐腊！《明史》早已明确记载："东有云笼山，西有大盈江，又南有槟榔江，自吐蕃界流合焉。""东北接南甸，西接陇川，有平川众冈。境内甚热，四时皆蚕，以其丝织五色土锦充贡。"

好一个开放前沿、关隘之处！公元前4世纪勐腊即已成为南方丝绸之路——"蜀身毒道"的主通道。东汉永平二年（59年）建立的哀牢县衙即在今盈江旧城。

好一个佛祖云游大福大贵之处、神奇

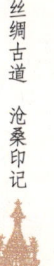

之地！沿着当年佛祖云游的足迹，能清晰地看到"蜀身毒道"留下的印迹。太平河，即南底河，元朝称其为太平河，明朝称其为安乐河，云："下流经云龙山下，曰云龙江。"蒙古至元十四年（1277年）三月，在今南底河开阔地带发生了以少胜多的著名战役——太平河之战。

据说，佛陀云游时还选择、设计了唐僧取经路线，所以《西游记》中有的情节片段就发生在勐腊也在情理之中。今盈江县弄璋镇南缓山、南怀河、南参河等处，就是佛陀云游时停留过的地方，因此成为唐僧师徒前往西天取经时的必经之地。多少年来，这种说法一直在今盈江县弄璋镇一带广为流传，且一些史志书籍亦

❶ 曾流传于勐腊民间的贝叶经（巴利文）

❷ 1993年初，缅甸友人送给盈江县佛教协会的玉佛（重10.5吨）

有记载。

另外，原蛮允、大幕文等地的地名来历，据说也都与佛陀云游相关。

勐腊者，佛陀云游之福地也！

千年追寻，千年期盼，"一带一路"彩虹现。中国之梦，勐腊明天，更加辉煌在前面！

允哏佛塔

第一章　丝绸古道　沧桑印记

005

❶ 大盈江
❷ 大盈江江堤竹径

哀牢县衙：第一条国际陆路交通线

探索古老痕迹，翻开历史篇章，我们清楚地知道：中国历史上第一条国际陆路交通线，并非西北的"丝绸之路"，而是经过德宏盈江的西南丝路——蜀身毒道。今盈江县境，多地留有"蜀身毒道"关隘之地的痕迹。

今有诗曰：

蜀身毒道今何在？
佛陀云游到干崖。
张骞听说乘象国，
哀牢县中马帮来。
…………

据《辞海》"哀牢"词条第二条注释记载："古县名。东汉永平十二年（69年）于哀牢国地置。治今云南盈江东；或谓在今保山市东，误。东晋成帝时废。"

早在公元前4世纪，"蜀身毒道"就已经形成，今盈江地区就是其咽喉关隘之地。

"蜀身毒道"比久负盛名的西北的"丝绸之路"还要古老数百年，它由四川经云南的大理、永平、保山、腾冲、梁河到盈江出缅甸孟拱，又至印度东北的莫帕尔，过孟加拉国，溯恒河出印度西北，又过巴基斯坦，至与伊朗接壤的坦义始罗，再向西行，通向中亚、西亚和欧洲。因古时四川称蜀，印度称身毒，所以这条通道被称为"蜀身毒道"。古道经保山到腾冲后的主要路径，就是经盈江旧城到今蛮允。

据印度史书《政事论》和《摩奴法典》记载，公元前4世纪，我

盈江县城全景

国四川的丝绸已在印度大量销售并转销到西亚、非洲及欧洲。

与秦开"博南道"相衔接，是我国通往缅甸、印度、西亚以及欧洲的两大陆上干道之一。而今天的盈江县境，又是古丝绸道至缅甸的西大门。元朝后，缅甸一度被纳入版图，列为行省。自此，历代王朝始沿古商道正式开辟铺、台、站，作为商旅休息和联络各方的中转驿站。每站因各历史时期所处平时和战时的不同情况，酌情配备驿马10—60匹不等，作为邮传交通的接力工具。古道成为官、商、邮融为一途的主驿道。据《清史稿》记载："自云南入缅甸共有六途，以蛮允一途为捷径。"又据史载："清初，中缅贸易极为兴旺。十八世纪中叶，中国商队常常一次用三四百头牛，有时多到两千匹马，驮着大宗货物入缅贸易。"清光绪二十年（1894年），中、英于伦敦

第一章 丝绸古道 沧桑印记

曾议定《续议滇缅界务商务条款》，第九条规定："凡货由缅甸入中国，或由中国赴缅甸，过边界之处，准其由蛮允、盏西两路行走……凡货经以上所开之路运入中国者，完税照海关税则减十分之三。运货经过中国地段，如在此约所准之路之外，及有偷漏等弊……即可将该货充公。"故此，芒允古道更为繁忙。自芒允镇出发，计分三道：上为火焰山道，中为石梯道，下为河边道。三道又以石梯路为主干道，商队来往络绎不绝。不论肩挑骡驮的赤脚贫民，还是跨马乘轿的达官贵人，

大都必经此道。清光绪末叶,自葫芦口经大盈江以南的旧城、蛮线(今芒线),过古里卡铁桥入缅可直达八莫,此路成为滇缅进出口货物的新干道。

20世纪70年代以来,我国考古学界的学者大都认为,在滇池地区的战国至西汉墓葬中出土的许多西亚文物,都是从"蜀身毒道"运进来的。此外,抗日战争期间腾冲核桃园出土的大量五铢钱,是汉武帝元狩年间铸造并沿着此道流过来的;云南地方文献上关于公元前5世纪印度孔雀王朝阿育王的许多故事,都与此道的通行有着密切关系。

汉元狩元年(公元前122年),中原政权探寻到滇越乘象国的存在及早已开通的"蜀身毒道"。据《华阳国志·南中志》记载:"武帝使张骞至大夏国,见邛竹蜀布,问所从来,曰:'吾贾人从身毒国得之。'身毒国,蜀之西国,今永昌是

① 原哀牢县衙所在地龙口镇之龙塘一角
② 龙塘边之喃幕西双(十二眼井)

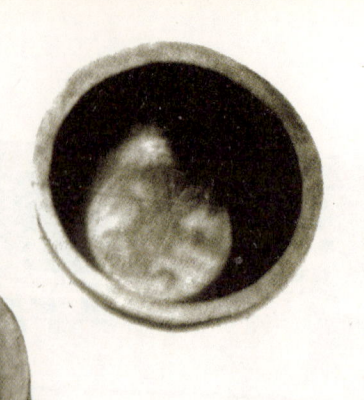

也。"又据《史记·西南夷列传》记载："博望侯张骞使大夏来，言居大夏时见蜀布、邛竹杖，使问所从来？曰：从东南身毒国，可数千里，得蜀贾人市。"蜀之商贾必道永昌而达身毒也。张骞从大夏（今阿富汗）回国向汉武帝报告，汉武帝立即派人来云南以图打通此道，但在大理一带受阻4年之久。那时就云游了世界许多国家的张骞只是听说了滇越乘象国却未能见到，这或许是他的一件憾事吧！

二

1995年，旧城镇居民在开挖水塘时发现一批古代文物，经鉴定是东汉文物。经德宏州、盈江县文物部门对现场详细勘查，开挖水塘的地方原是一座东汉墓葬。文物部门从附近曾出土过同类东汉器物的情况分析，此地很可能是东汉墓葬群。文物部门认为，从目前掌握的情况判断，这些东汉墓葬与古代"蜀身毒道"的开通有密切关系。

盈江不仅是"蜀身毒道"的关隘之地，其称谓在当地少数民族语地名中也颇有传奇色彩。

沿着"蜀身毒道"，中原政权积极开发关隘之地。东汉永平十二年（69年），哀牢王柳貌率部归汉，汉王朝建哀牢县辖今德宏地区。这是德宏地区正式由中央政府设置县治的开始。据《中国历史地图册》载，哀牢县衙就设在今盈江县境内。1977年6月云南

1993年，在盈江旧城镇出土的东汉文物铜洗、铜釜

芒允老街子驿道旁的古井

人民出版社出版的《云南各族古代史略》一书和 1994 年 12 月德宏民族出版社出版的《德宏州志·综合卷》，对哀牢县的设置均有记载。据《后汉书·南蛮西南夷列传》记载，汉代的哀牢地区"土地沃美，宜五谷蚕桑，知染采、文绣……织成文章如绫锦，有梧桐木华，绩以为布"。

三

古老的"蜀身毒道"，正好与 20 世纪川滇、滇缅、缅印公路的走向大体一致，有些路段竟然重合。它所经过的地区，历史上曾分布有彝族、白族、傣族、景颇族、佤族、阿昌族、独龙族、傈僳族等少数民族；它曾是一条各民族南北往来的走廊，对开发祖国边疆，对各民族经济、文化的交流及我国与东南亚各国的友好往来，产生过极大的促进作用。

1287 年前后，意大利人马可·波罗经云南去缅甸考察。他所走的路，正是当时从内地到云南及云南省内各地畅行的驿

道。他从大都（北京）经太原、西安入成都，又从成都过建昌（西昌）南下金沙江，至鸭池城（昆明），西行哈剌章城（大理），再西行至属金齿州的干崖后出缅甸。

"蜀身毒道"经永昌（保山）至腾越（腾冲）后，又分两路经过今盈江地区。一路西行从梁河进入盈江旧城，由旧城向南到芒仗街（岗勐），用木舟、竹筏渡过大盈江，到盏达（莲山）又分三岔：一岔过太平街经芒允、铜壁关出缅甸八莫，一岔沿盏达经昔马出缅甸芒莫，一岔沿盏达经勐弄、卡场出缅甸戛鸠。另一路则由腾冲新歧、小地方进入盏西，又分两岔：一岔由盏西过老官城、勐戛出缅甸密支那，一岔由盏西经止那（支那）出缅甸昔董。

清时商贾多走芒允上路，后又改走芒允中路和下路。芒允上路又叫火焰山路，经铜壁关、浪束至缅甸芒莫、八莫，4日路程约135千米；芒允中路又叫石梯路，经石梯、红蚌河至缅甸八莫，4日路程与上路相当；芒允下路又叫河边路，经蚌西、红蚌河至缅甸八莫，4日路程约125千米。那时的缅甸八莫亦称新街，是滇缅贸易的主要商埠，曾在此建有"大明街"，热闹非凡，可由此沿伊洛瓦底江航行，直达密支那、瓦城、仰光等地。

清光绪二十八年（1902年），英国投资修筑盈江蛮线至八莫的道路。此路绕山脚而行，路面较平坦，坡缓途短，商队遂改走此道，芒允老路逐渐荒凉。此道由旧城开始，一日至小辛街，一日至蛮线街，一日至芭蕉寨，一日至茅草地，一日至缅甸勐莫，一日又至缅甸八莫。

1902年设立的腾越海关芒允分关

大盈江岸边

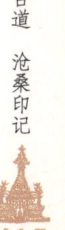

四

　　西北丝绸之路是以骆驼作为运输工具，而西南的"蜀身毒道"则用骡马作为运输工具。云南马"质上而蹄健，上高山，履危径，虽数十里，不知喘汗"。张骞等人在大夏见到的蜀布和邛竹杖，就是四川一带的商人赶着马运到滇越与缅甸或印度的。据有关资料记载，贸易最活跃时，每日经过盈江往来运输的骡马竟有数千匹，日夜络绎不绝。

　　通道不仅使商贾往来频繁，而且许多部落或国家都经通道来我国访问。

　　唐宋时期，南诏、大理的疆域直接与印度接壤，商道上的贸易更加繁盛，文化交流十分频繁，佛教亦经此道传入。

元代之后，往来的商贾和使团更是络绎不绝，贸易品种增多、数量增多。

清代，滇缅贸易进一步扩大。进口商品以棉花、玉石为大宗，另有生丝、海盐、燕窝、鹿茸、象牙、羽毛、槟榔、琥珀、药材等；出口商品为铜、铜器、水银、熟丝、绸缎、纸张、麻线、雨伞、茶叶、干果、蜜饯、烈酒、药材等。

盈江既成为通道的关隘之地，又成为滇缅贸易的主要通商出口，其商道沿途马栈、食馆、茶馆甚多，并设有相关机构。据宣统元年（1909年）调查，今盈江境内旧城有客栈5家、马栈3家，驻有巡防营兵114人，设有税务局厘卡；芒允有客栈5家，有供行人住的庙宇4所，驻有巡防营兵1营、盐铺营1哨，设有税务局厘卡，有食馆、茶馆各数家，还有经营棉纱及土杂百货的义记、秉五记、芳泰兴、正茂兴、绍兴记、光庭记、复光记、三萃芳等商号；雪梨有午膳摊，驻巡防兵3棚；蚌西有腾越税关分关及保商营兵1哨；石梯驻保商营兵3棚；三台坡驻保商营兵1棚；红蚌河驻保商营兵100人。

❶ "蜀身毒道"之芒允镇老路

❷ 虎跳石

五

清光绪二十年（1894年），中英两国签署的《续议滇缅界务商务条款》规定："凡货由缅甸入中国，或由中国赴缅甸，过边界之处，准其由蛮允、盏西两路行走。"

清光绪二十八年（1902年），成立腾越海关，在今盈江设立小辛街分关、芒允分关。小辛街分关设在今弄璋乡小辛街，主管经蛮线、古里卡出缅甸的腾缅新路业务；芒允分关设于芒允新街子，主管经石梯、红蚌河出缅甸的旧路业务。此外，尚有蛮线、石梯2处查卡。分关及查卡均设核税员、称手、巡丁等人员。

自辛亥革命到抗日战争，尽管政权更迭频繁，战乱不断，但通道上的贸易仍保持繁荣景象。据旧时海关统计，1937—1939年，经盈江口岸进出口的商品来自5个大洲30多个国家和地区。进口商品160种以上，以棉花、棉纱、棉布、玉石居多，其中棉纱就有200万小件以上；出口商品有石磺等80余种。1938年8月，滇缅公路全线通车后，古老的通道逐渐被冷落。

六

1950年，干崖（盈江）、盏达（莲山）、盏西解放后，边境贸易逐步恢复和发展，边民互市从未间断，小额贸易几经起伏。1952年，芒线、铜壁关、昔马划为边境贸易和边民互市区。1953年，盏西又划为小额贸易区。1963年后，除铜壁关外全部关闭。

2002年7月，《德宏团结报》连载关于盈江的文章

1978年12月，中共召开党的十一届三中全会，"蜀身毒道"的关隘之地迎来了改革开放的春天！

1980年，盈江恢复边境贸易，昔马、卡场、铜壁关、芒线被定为州级边贸口岸。1991年，盈江象城小平原被列为省级边贸口岸。20世纪90年代，盈八路、盈密路先后开通，小平原距缅甸八莫131千米，距缅甸密支那197千米。这些举措，拓宽了同缅甸乃至同东南亚地区贸易通道……

2005年4月，《中国历史上第一条国际陆路交通线的关隘之地——盈江》一文，荣获云南省地方志优秀成果论文二等奖。

"蜀身毒道"从公元前4世纪走到了21世纪，在新世纪，在中华民族伟大复兴的"一带一路"倡议中，丝绸古道再铸辉煌！

明代"上四关"

盈江县境历来是兵家必争之地。明万历年间,云南巡抚陈用宾为稳定边疆抵御外来侵略,在西南边境要道筑设八关,并分"上四关"和"下四关"。而八关中重要的"上四关"神护关、万仞关、巨石关和铜壁关就筑设在今天的盈江县境内。中国古代边关很多,但一个县境就有4个边关的实属罕见。"上四关"于1986年被列为县级文物保护单位,2009年9月被列为州级文物保护单位。

神护关遗址标志碑

神护关

神护关位于盏西镇和苏典乡交界处,当地人称"老关城"。据《腾越厅志》越:"关城台周三十丈,高三丈,楼高五丈四尺,公署一所。古关门洞深七丈,宽一丈,高一丈三尺,左右有墙,各高九尺。外通缅甸勐养、蛮乃、勐拱等地,东南至万仞关八十里。"其山蜿蜒,层峦叠嶂,路径最险,易守难攻。从中缅交界到神护关,经苏典乡勐嘎村向东进发,一路深箐峡谷,穿行于林间山道,越走越陡,越窄越险。爬到海拔2000米的关城瞭望,盏西坝、勐嘎洼尽收眼底。左右山势连绵,群山争雄。关口正好设在由南北西山交汇而又只能一人一马通口处,名副其实的险关要塞。此真有一夫当关,万夫莫开之势,不能不佩服古人的眼光。

关口险峻,建关传说亦神奇。相传:建关砖瓦是关城以东约20千米的盏西坝民工排成长蛇阵势,昼夜不停地一块一块

传递上去的。吃饭饮水也靠传递。在距关城东约2千米处，有一滴水山泉，民工扒了个积水坑，每人可喝一碗解渴，每人喝完一碗，又集满一碗，不多不少，由此得名"一碗水"。后招傈僳族人守关，现在的一碗水已是傈僳族人安居乐业的山寨了。

另据传说，关城筑好后，筑关军督宣布，已埋下一罐金，一罐银，谁愿守关？军中一人报名愿守，军督用长刀将此人劈成两半，一半埋左，一半埋右。后来此人变成了一条金蛇，一只银虎。有一次缅兵乘象犯境，来到关外三岔河以西，忽见左边象脑坡有一条巨蟒蛇飞舞，右边毡帽山一只猛虎张着血盆大口，入侵者惊呼：这是神蛇神虎护关！

1991年立碑时，有人说关址在孔家湾庙，有人说在梁子兵营盘，也有人说在毡帽山。后经多方查证，老关城就是"神护关"无疑。

1. 神护关遗址旧城墙
2. 神护关遗址通道

万仞关

万仞关位于盈江县勐弄乡政府南约2千米的山顶上。据《腾越厅志》载："台周三十丈，高二丈八尺，楼高七丈三尺。"以其高踞于万仞之巅得名。左右两面群山绵延，峥嵘险峻，中间均为低丘，恰成一狭槽形，视野可直达缅甸密支那。关城坐南向北，居高临下，北路为外来侵犯之敌必经之路，遥遥数里，一览无余。关城之后为一凹形的盆地，可屯兵千余；盆地四周均为高地，可设数道防线，能攻能守，可进可退，大有回旋之余地。左右两翼可构成交叉侧击，将敌军纳入口袋一举歼灭。戍关留守之兵可于攀弓河就近汲水，身边拾薪。此可谓："关高万仞，天道俯望。"

自古以来，万仞关即为历代兵家必争之地，素有"西陲咽喉，南唯锁匙"之称。

驻关守军视情而定，后以左、明两姓抚夷世袭驻守，实行屯田守关，"东至勐豹山，南至勐弄坝，西至楂子岭，北至苏典甲"。每年收田租赋以充军饷。清代抚夷由盏达土司保人呈腾越同知签派，初为明钟龙，又为武发仓，后为李姓，协管弩手130户，有练田。后关城被人为毁之。现关城遗址内残留的毛石、卵石、城垣石基遗迹尚存，城门道向清晰可辨，城砖瓦砾遍地。城楼台上还残留用颜体大楷书镌刻的"天朝万仞关"石

万仞关石刻（残）

匾额一方。

明参将邓子龙征战期间，曾于城楼把酒临风，放眼眺望，观山景色，只听得耳边风声飒飒，见暮色沉沉，乱云飞渡，顿时心潮澎湃，思绪万千，当即挥毫写下《登万仞关》的边塞诗一首，以寄情怀。诗云：

边关不见白衣来，万仞关前独举杯。
西望浮云遮落日，南来蜃气出楼台。
自怜短发酬残骨，谁说长缨负将才？
何处西风催铁马，败髅衰草不胜哀。

清乾隆二十六年（1761年），随傅恒征战的进士编修官赵翼班师回来，乘兴吟诵《自戛鸠回万仞关马上作》诗一首，以奏凯旋。诗云：

小试军锋扫戛鸠，凯声欢动人关秋。
白迷粳道云仍合，红在蛮天火来收。
热落河烹生鹿血，赫连刀桂死番头。
飞章连夜须驰奏，马上催书笔不遒。

清乾隆三十四年（1769年），翰林院进士编修官王旭随军征缅至此，目睹一片破壁残垣的景象，胸中怒火燃烧，盛怒之下，提笔写下《盏达》诗一首，以志史事。诗云：

嵯峨万仞关，竟使烽烟人。
儿童被刨庚，妇女亦俘絷。
余者悉逃之，百户仅存十。
我闻怒愤盈，皆裂发旋立。

1987年，盈江县人民政府立直幅式镌刻"万仞关遗址"标志碑一块，列为县级文物保护单位。

巨石关

巨石关遗址位于昔马镇（街）东南约5千米的白岩坡。"在户岗习马山顶，台周三十丈五尺，楼高五丈八尺。公署一所，控制户岗要路。"遗址面积约1000平方米，尚遗存部分基石、条石及砖块瓦片。其砖为素面砖，分城砖和房砖两种。还残留关门上前后镶嵌的巨石关横匾额二方，系楷书，阴刻，从右到左。一方拼接后可辨认出"天朝巨石关"5个大字，天字已残缺不全，另一方只剩下完整的"朝巨"2个字。

巨石关遗址碑

关城城楼建在几个拔地而起的巨石之上，城门在城楼下的巨石中间，天公巧成。城门经修饰，宽5米、高6米。城门两侧是天然巨石突兀，溜滑，别说人攀不过去，就连过山龙也望泽兴叹。

站立城楼，一望无际，左方是岩石叠成又高又险的攘虎峰，右边与断壁似的白岩子三山峰遥相呼应，形成险要掎角之势，关下是一冲到底的陡坡。在交通闭塞的古代，这里显然是一个咽喉要道。不论是由缅甸经昔马进内地，还是从内地到昔马，别无他路可走。从昔马坝子，爬到巨石关前，猛抬头眼前便是巨石林立，形态各异，既惊险又壮观，自然会产生"名副其实巨石关"的感叹。走进关门内是一片平缓的草地，可容纳上千人。无论用"无限风光在险峰"来形容巨石关也好，还是用"风景这边独好"来表现它也罢，我看一点都不过分。

巨石关的守护也和其他各关一样，初期，战时有重兵把守，平时仍以置练田，设抚夷戍守。清光绪至民国时期，先后有7任抚

夷。屯耕守护者，初时有 158 户。

铜壁关

铜壁关位于盈江县铜壁关乡政府东南方的老官坡顶，雪梨寨旁。关城周围山体陡峭，左右山麓皆为深谷，中间仅有一条通道，俯瞰四方视野开阔，不愧为古代军事要塞。据《滇志》载："铜壁关在布岭山顶，基周三十丈，高二丈二尺，楼高五丈四尺，公署二所，所控制蛮哈、海墨、蛮莫等要路。"关城为东西走向，遗址内尚存大量

❶ 铜壁关遗址通道上遗留的道路
❷ 铜壁关遗址内的石槽

的建筑遗物，有基石、石条、石柱脚、石台阶、觅水石槽、砖瓦，其砖分为城砖和房屋砖，均为素面砖。从遗迹中可分辨出城楼、兵营和生活区的位置。在离关城约500米的水井旁有一巨石上，刻有恭奉龙王神位的一弧形碑额，正顶刻绘太极图，有直行文三行，正书，其文从右至左。

据部分历史资料记载，八关之中唯有铜壁关所辖地区发生战乱最多。明代派重兵戍守，清代时重时轻，后改为屯田（练田制），由南甸土司保人呈由腾越同知签派协管弩手25户，正抚夷初为刀姓，后为刘三才，副宋姓，民国时期无兵守卫。

在荒山野岭中，4座古关残留的只是遗迹，但是，人们不会忘记：数百年来，有多少披肝沥胆的将士，为戍守边关奋勇御敌，慷慨捐躯。

铜壁关遗址碑

万象城王国：鸡蛋公主

万象城王国的传说，并没有在熊熊的烈火中消失，鸡蛋公主的形貌仍留在传说中。

大象在傣族人心目中是吉祥的象征。传说弄璋一带大象很多，共有9999头。万历十二年（1584年），干崖宣抚使刀帕瑄为求吉祥如意，将土司署从龙口城（今旧城）迁居于此。土司署建起后，又用纸裱糊了一头大象，凑足10000头。土司署建筑为土木结构，中原建筑文化浓厚，有六堂，每两堂中间均有东西厢房，正中是天井。衙门机构庞大，占地面积92萝种（每萝种为4亩，共368亩），还有花园、训练和检阅象队广场。干崖宣抚使司署在这里平稳驻守的107年间，社会安定，经济发展，市场繁荣，发展了7条街巷，街名叫喜乐街。

据有关傣文资料记述，当时的万象城占地面积有600多萝种水田面积宽，王宫为干栏式建筑。

然而，明代吴三桂追杀永历帝时，一把大火将繁华的万象城池烧毁，一段古老的文明历史在熊熊的烈火中遗憾地消失。

没有谜的历史，是索然无味的。如此巧合，西汉的使臣们听说有个"乘象国"，而盈江有个万象城王国的传说。

在傣族村寨中流传着一个古老的"万象城王国"的故事。

① 万象城遗址碑
② 万象城雌雄石狮子

万象城王国有9999头大象,国王叫"召贺迫",有一把神剑,一出鞘对方就有无数人死亡。他有一个弟弟叫"召三达"(傣语,"三达"意为三只眼睛,后脑壳还有一只眼睛)。召贺迫有个女儿叫"朗亥博",她美丽善良,皮肤净白透明像鸡蛋清一样,吃进肚子的食物都看得清清楚楚,人们称她为"鸡蛋公主"。有一天,莫勐(巫师)告诉国王:"待你的大象凑足一万头时,你就会成为最大的国王,这头大象是由驸马骑来的,是一头白象。"时间一天天过去,不见骑白象的驸马来,莫勐又生一计说:"这不难,用白纸裱糊一头高大的白象,你娶公主为妾,不就成了吗?"公主听说后,自杀身亡。这时,驸马正从远方来到缅甸贤利,白象突然停下来用脚刨地,怎么拉它、打它都不走,一个劲地边流泪边用脚继续刨地,一直刨出盐巴来,白象倒下,死了。

从此，当地的百姓以盐维生。驸马得知鸡蛋公主死亡的消息痛不欲生，埋葬了白象后，浪迹天涯。鸡蛋公主活着的时候就有许多达官贵族来求婚，她死后，有好几个地方都要求将公主的遗体安葬在他们那里。之后，国王做了八口棺材，由各地自己挑选。鸡蛋公主究竟埋在哪里？一说是埋在闷掌背后棒贺姐山岩子边那个长三丈、宽约两丈的小平台上，平台前还有一道台阶。据说，晌午时和风吹来，会有悦耳的锣鼓声传出来；一说是埋在今芹菜塘村以西的田心中间隆起的小山包上；还有人说瑞丽的姑娘漂亮，可能瑞丽挑选去的那口棺材才是装着鸡蛋公主的。据说，公主死后，召三达的脑后眼也瞎了，国王的神剑也不灵了，召贺迫在征战中战死沙场。

1981年云南全省文物普查，城址的痕迹已不大明显。据土层和地面发现的砖块、瓦片及石柱础等遗物的方位判断，城

❶ 万象城古石桥
❷ 万象城遗物——石柱础

址长约 460 米、宽约 210 米，面积 90000 余平方米。城墙及地面建筑均不存在，墙基亦无法辨认。遗存物中有 1 对石狮、4 个石柱础和礅座，以及部分砖瓦残物。

雄狮长 101 厘米、高 95 厘米、腹径 51 厘米，雌狮长 95 厘米、高 88 厘米、腹径 50 厘米，均呈座式。其砖长 32.5 厘米、宽 15 厘米、厚 8 厘米，其中一面有"如成"文字凸线图案，内含红砂质。柱础一大三小，圆形，直径有 42 厘米和 31 厘米 2 种。礅座为正方形，边长分别为 55 厘米和 40 厘米。

1988 年盈江县佛教协会召开会议

芒允马嘉理事件的民间传说

光绪元年（1875年）芒允人民杀死马嘉理一事，很多文史资料与书刊均有记载。事件之后，英国政府以武力相威胁，硬逼着清朝政府赔款20万两银子，并签署了中英《烟台条约》。但绝大多数的记载却与至今流传在马嘉理事件发生地——芒允——的民间传说出入很大，故撰此文。

1974年8月，笔者高中毕业被分配到盈江县太平公社弄展大队接受贫下中农再教育。在当知青的时候，曾先后几次到芒允游玩，每次都听到有关马嘉理事件的民间传说，这自然引起了笔者的注意。尽管盈江县境内，凡是以前叫"蛮"的地方，如今已经都改称为"芒"了，但是一些上了年纪的人和一些既懂汉语又懂傣语的人，却喜欢叫以前的老名字，其原因主要有三：一是"蛮"字的译音最为准确，二是尊重历史，三是有些怀旧。

后来，参加工作后，笔者先后在盈江县从事教育、体育、对台办、统战、宗教、党史和地方志工作，又多次去到马嘉理事件发生地，接触了社会各阶层人士，多次从不同角度验证到下乡插队当知青时听到的民间传说，具有扎实的群众基础。有趣的是，2013年，太平镇党委书记开着车邀请笔者到芒允街去看一些文物古迹，在路上笔者对他讲起这个民间传说，他却不相信。笔者对他说："你到芒允街找50岁以上的人问问，就知道是真是假。"那天中午吃饭时多"罚"了太平

① 芒允户宋河边马嘉理事件发生地，傣语称"混戛拉"，意为"洋人场"
② 芒允户宋河老吊桥

镇党委书记两杯酒，就因为他了解到的情况和笔者说的完全一样。

杀死马嘉理的起因

事情得从头说起。19世纪英国殖民主义者侵占缅甸，又计划开拓从印度、缅甸到云南的交通线，使其势力延伸到中国长江上游地区。经多次了解，英国人认为滇缅商道是从印度洋经缅甸进入中国大西南腹地之最近通道。清光绪元年（1875年），英国派遣柏郎上校为特使，率领200多人的武装，从缅甸八莫向云南腾越地区进发。同时，英国驻华大使派翻译官马嘉理自上海（一说自北京）前往中缅边境接应。

马嘉理虽只是个小小的翻译和特使，但权势很大，所以马嘉理从上海来昆明时，云贵总督岑毓英去迎接他，而马嘉理跟岑毓英起了冲突，岑总督一面派员护送，另一方面又密令从昆明到腾越的各地官吏，

❶ 芒允老人经常讲述昔日往事
❷ 芒允户宋河

一定要设法把马嘉理杀掉，以解其心头之恨。

经　过

马嘉理沿途不断刺探驻军情况，绘制山川险要道路地图，蔑视军政长官。虽有总督密令，但沿途官吏均不敢动手，生怕引来大祸，所以马嘉理从昆明到腾越一路安然无恙。

岑总督闻报后气得不行，最后密令腾越官吏吴启亮、参将李珍国、总兵蒋宗汉等，如不能将马嘉理杀死的话，就要他们叫部下带着他们的人头去昆明交差。如此死命令，迫使腾越官吏们多次密谋，铤而走险，决定重金聘请江湖武林人士在芒允一带刺杀。

腾越官吏派出亲信密使到达芒允，找到帮会的蔺大洪和陈大伍两人，拜托他俩务必杀死马嘉理。蔺、陈等人得知马嘉理的罪行后，当即答应。据芒允老人讲，蔺、陈等人精通武艺，胆识过人。特别是蔺大洪，能用一支五尺长的竹棍单手握住一头，用竹棍的另一头把一副水牛骨架平地挑起高举过头。那时，蔺大洪和陈大伍两人都是芒允红帮帮会的骨干，在芒允尚无家小。

1875年初，马嘉理到达芒允时，英国特使柏郎上校已带一支200多人的武装探险队守候在中缅交界地红蚌河，准备开进中国。英军驻扎的地方，后被人们称作"洋人场"。

探知马嘉理一行即将离开芒允前往红蚌河，蔺、陈及3位景颇族勇士装扮成打柴樵夫，藏着梭镖和长短刀，守候在距芒允街约1200米的户宋河边。马嘉理骑着马，带着4个随从来到户宋河边。蔺、陈二人拱手作礼，马嘉理洋洋得意。蔺、陈二人突然取出梭镖刺向马嘉理。马嘉理还没反应过来就被刺下马来，丧了性命。3位景颇族勇士也随之猛扑上去杀掉马嘉理的3个随从。剩下1个随从没有被杀，据说是马嘉理到腾冲后新招收的，是腾冲绮罗人，姓李，就因为其子是芒允人的女婿，芒允红帮的人不愿杀。马嘉理及其3个随从的尸体被砍成数段后甩到户宋河，流向大盈江，故其尸体不知下落。

马嘉理事件发生期间的芒允民宅

结 局

留得一条命的那个姓李的腾冲绮罗人，逃到缅甸向英方告发了马嘉理被杀的情况。英国人为了奖赏他的告密，给他在缅甸的一个地方一辈子收烟酒税自己用。据芒允老人说，20世纪80年代，那个告密者的后人还生活在缅甸。

得知马嘉理被杀的消息，等待在"洋人场"的英军立即退到缅甸八莫。

马嘉理被杀后，英国逼迫清政府缉拿凶手归案受审。腾越官吏用3个（另一种说法是5个）犯了法的当地少数民族男子去抵案。审问开始，官吏先用当地少数民族语对那几个抵案者说："你们怎么砍柴？比几个动作看看。"等那几个抵案者用手比画砍柴的动作后，却对英国人翻译成："他们就是这样杀死马嘉理的。"就把这几个与杀死马嘉理毫不相干的犯人抵作杀死马嘉理的人而处决，了结此案，应付英国人。而蔺、陈二人则拿着300两赏银，被腾越官吏送到临沧一带躲避去了。

据说，英方领事、税务司等人后来曾去到芒允户宋河边举行过哀悼马嘉理的仪式。

此事已发生130多年了，故被当作民间传说收录。

芒允老南门

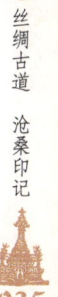

辛亥革命根据地

为什么世袭土司封建领主刀安仁会走上革命道路，成为中国民主革命先驱？在顿哄罕被逼撤军而仰天长啸，是刀安仁最重要的人生拐点。此后，强烈的爱国主义促使刀安仁寻求救国之路，是革命党人的引导使他成为民主革命的先驱，这是边疆各族人民的自豪和骄傲！

顿哄罕：刀安仁仰天长啸

元至正六年（1346年），干崖傣族崛起。明洪武三年（1370年），帕廷法受元朝封赠为干崖千夫长、总领。《蛮书》记载："刀思曩辅之。"明洪武十五年（1382年）三月，帕廷法"率土归附"，明朝改镇西路为镇西府，诰封干崖傣族酋长帕廷法任土府职，于是干崖成为云南52个土府之一。"希望你忠于祖国"，这是明朝统治者诰封干崖傣族酋长时提出的希望和忠告。为了表示对朝廷忠心，帕廷法改名为郗忠国。刀帕氏又称为郗氏，即源于此。其嘱托很快成为刀帕氏土司的传家宝，刀帕氏世代忠君卫国，俊杰辈出。因此，在腾越辛亥起义之前的数百年，干崖一直属于腾越之地，始终成为"腾越之屏障"。故帕廷法者，即为曩欢郗忠国也。从明洪武三年（1370年）算起，至1950年盈江和平解放时止，刀帕氏傣族土司在盈江统治达580年。而帕应法，即刀安仁，系帕廷法之后裔。

傣族作家岳小保用傣文创作的《帕英法》（即帕应法）一书

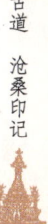

顿哄罕与"法"者意

顿哄罕，系傣语，意为金色大青树，特指大青树营盘。

傣语"法"者，其意为天也，王也。麓川百夷土酋自称"法"，由来已久。据《华夷译语》说，百夷语谓"天"为法，抑或"发""筏"。明嘉靖年间，张志淳撰《南园漫录·夷称法》亦载："大百夷谓天为法，法作上声，故其酋皆加法字……中国行彼，亦不用法字也。"毛奇龄撰《河西全集·蛮司合志》亦有相同记述。

帕应法（1872—1913），傣语官名，又名䎃安仁，字沛生，汉语官名称刀安仁，系云南腾越干崖宣抚使帕专法（刀盈廷）之子。清光绪十七年（1891年），正式承袭为腾越府干崖宣抚司第25任傣族土司。近年来，有人居然将刀安仁的傣语官名称改为帕荫法，误。真正的帕荫法是帕应法的先祖，系帕慈法之子，任土司职的时间是雍正二年（1724年）到乾隆

帕应法在大青树营盘抗敌时用过的望远镜

二十年（1755年），汉语官名刀鸿业，为干崖第15世第18任傣族土司。帕荫法任职期间，曾与盏达土司为争夺弄璋遮满发生战事，与南甸土司争夺丙午相板发生战事。

帕应法率兵干顿哄罕

清光绪十七年（1891年）初冬，英国侵略军进犯铁壁关地区，越过洗帕河（希帕河），矛头直指勐卡。英军入侵的鸡毛火炭信传到干崖府，刚接任土司职务的帕应法一面上报腾越厅，一面做好相关准备。农历十一月十一日，清政府下令："由干崖调司兵五百名，严防边境。"在其父帕专法的支持下，立即召唤50多名勇士并调集500余名各民族兵丁，开赴干崖所属勐卡茅草地、洗帕河附近的顿哄罕。

勐卡者，原系傣族帕氏先祖当年兴建"宣勒城"而居住250年之地。帕专法曾诗赞顿哄罕："登高极目望平源，此地无殊细柳屯。最是一株大树古，参天似表此山尊。"帕专法原注称："崖属茅草地有一大树名曰顿哄罕，行人无不瞻仰。"该诗词大意可译为：登爬到高处远望，看到了平坝和流水，这里与可驻军的地方没有什么不同。最不同的是有一棵很大的古树，笼罩住天空，表明对此山的尊崇。

帕应法率领的队伍中，有傣族、景颇族、傈僳族、汉族等各族勇士，他的主要战将有傣族的波保秀、幸六、波保旺、管就印，景颇族的早章、早利、早门，傈僳族的曹大、蔡三，还有新城大佛寺的5个武僧和随缅甸王孙来的召勐领、孟所、孟依、岩柯等人。他还积极联络虎踞关的盆干景颇族，组成互相支援的盟友。

"干崖七阵"抗敌寇

面对敌人的洋枪、洋炮，帕应法与勇士们群策群力、集思广

益，扬长避短，结合勇士们各自修炼的武功强项，巧妙利用地形，创造性地发挥"干崖七阵"独特战法的巨大威力，成功运用闻所未闻的"干崖七阵"丛林战术，时而分兵以迷惑袭击敌人，时而分兵以隐蔽伏击敌人，时而集中力量全歼局部敌人。刚到顿哄罕不几天，帕应法就用"干崖七阵"中的第一阵——"冷摆一炷香"，成功歼敌。

那天，抗英队伍早已划分为许多班组，按阴阳八卦阵式布置，分散隐在丛林之中，伺机厮杀。英殖民军开始来进攻时，根本不知"干崖七阵"的巨大威力。待敌全部进入阵中，只听到一声号角，四面八方杀声震天，箭像飞蝗一样飞来，箭上又涂有见血封喉的弩箭药。开始时敌人不知厉害，动手拔箭，谁知箭还未拔除，人已倒地。于是剩下的人就到处逃窜，但又到处遭到伏击。这次敌人死伤惨重，仓皇溃逃，被歼灭许多。

"干崖七阵"源远流长。据传，"干崖七阵"原系帕然法所创"帕氏阵法"演变而成，后为帕廷法于勐腊、勐卡地区发扬光大被而称为"干崖七阵"。

据称，刀帕氏千年秘传阵法的精髓在于"混而不乱，暗藏杀机"8个字，既可单独运用，亦可合用。比如："冷摆一炷香"，勇士无影无踪，却使敌人昏头昏脑，分不清东南西北；"双面猿猴钩"，勇士如猿猴戏耍，使敌人左右难防；"三窜银蛇江"，勇士出手如闪电，使敌人于惊恐万状之际而被杀；"四门山戏弄"，勇士身影与山林一体，使敌人四面碰壁，寸步难行；"五哈灰狼洞""六丁贺色勐""七星连环阵"（亦称"七里蜂护窝"）等战法，勇士时而神出鬼没，时而仿佛从天而降，时而仿佛从地下喷出，以之重创敌军。据说，熟悉"干崖七阵"战法的除帕应法外，还有一位叫刀椿廷的同盟会员，光绪三十四年（1908年）12月参加"干崖起义"，率队攻打永昌（今保山）北门时壮烈牺牲。

帕应法的长孙帕并法，汉语名刀威伯，曾得"干崖七阵"

刀安仁

帕应法在顿哄军抗敌时缴获的火药枪

密传。他于1929年底正式接任干崖土司职务,后任盈江设治局长、国民党"国大代表"。"1949年11月13日西进部队解放龙陵后,盈江小土司、设治局长刀威伯急调土司武装一个中队兵力,在梁(河)盈(江)交界处浑水沟一线布防,企图阻止我军向盈江挺进。"

"你小子真是不知天高地厚!解放军乃仁义之师,岂能阻击!快给老子撤了'干崖七阵'。"1950年3月上旬,"边纵"36团及其所属骑兵大队全歼梁河反动武装钱有森大队后,刀安仁长子盈江老土司刀京版询问情况得知其子刀威伯已准备加强浑水沟一线的布防,急下令其长子立即从浑水沟一线撤防,并强调从今往后不能轻易设置"干崖七阵"。随之,老土司又痛骂了跟随自己多年的刀安贵。刀安贵即刀良生,旧城大寨人,土司属官。1933年他到云南省地方军官学校读书,回乡后长期跟随刀京版。1950年4月陪同刀京版到梁河与中共保山地委书记、41师政委郑刚协商谈判。

20世纪80年代初,笔者亦在盈江县文化馆听过1956年就参与改编传统傣戏《千瓣莲花》的新城人刀保矩老先生谈及此事。20世纪90年代初,笔者担任盈江县委对台办副主任时,在查阅盈江县委对台办的资料中,看到二十世纪五六十年代盈江民族上层统战对象刀保庭、刀㛠安等谈论此事的记录资料。另外,有人对笔者说:今盈江弄璋、姐冒一带流传的刀帕拳,就是几位当年参与过"干崖七阵"战斗的勇士流传下来的。

言归正传，当年在顿哄罕抗敌时，由于坚守时间长，干崖土司署又与顿哄罕相隔三四天路程，供给和联系都成难题。为了长期坚守，帕应法还成功创造了"天光报信"法。即在大盈江两岸山坡上（包括顿哄罕和凤凰山在内）共设八个点，每个点设置一面大镜子和十多个士兵，以镜子的反射光传递消息。传递由大盈江东岸的顿哄罕开始后，由午麻高岭到南哄高岭，由邦中高岭到麻谢高岭，由洞堆高岭到拱布高岭，由帕练高岭到凤凰山岭，用反射光时间的长短编成不同信号，传送信息示警。

一次，英军指挥官尤利司都调来几门洋炮，偷偷地抢占一山头制高点，炮轰顿哄罕。帕应法夜袭敌营把尤利司都打得抱头鼠窜，缴获了很多枪支弹药。帕应法诱敌深入，把英军打得抱头逃窜，并用缴获的洋枪成立了第一支干崖洋枪队。坚守顿哄罕的英雄们，用8年时间击溃了英军大小规模不等的无数次武装进攻。

光绪十九年（1893年），帕应法奉命在虎踞关盆干召集边防会议，与陇川、勐卯议定分别防守铁壁、虎踞、天马、汉龙等"下四关"，帕应法在会上通报铁壁关保卫战的经过并强调抗英必胜的信念。之后不久，"英军进袭盆干，焚烧村寨，死亡枕藉。帕应法带领景颇族壮士千余人予以还击，英军战死者超过千人"。

从古卖城皆巨吏

帕专法、帕应法父子和中方勘界委员彭继志、英方勘界委员马体宜一起勘察铁壁等"下四关"遗址时，帕应法和民工一起扒开废墟砖瓦，终于找到了半块残缺的石匾，上刻有"龙关"二字。英人勘界无获又挑起边境战事，但在帕应法、早乐东和各族人民的奋力抗战下，英军只能撤军逃窜。

入侵铁壁关的英军屡遭重创，便改用外交手段，以勘界为名向清廷索取我铁壁关以内大片领土。光绪二十四年（1898年），中英会勘滇缅北段界线，中方的代表是贪赃昏聩的临元镇总兵刘万胜，英方是多次潜入我边境的间谍斯格德。

再次入侵不能取胜的洋人斯格德又把余威发到汉官刘万胜的身上。刘万胜不敢得罪洋大人，就摆出界务总办架势，召集沿边土司、山官开会，宣布将南坎一带永租给英国，勐卯三角拱手相送，"下四关"更弦易主。光绪二十三年（1897年）正月，英国政府胁迫清廷在北京签订《中缅条约附款及专条》，决定双方于光绪二十四年（1898年）12月2日至光绪二十五年（1899年）4月23日派员勘察滇缅边界。勘察划标过程中，清廷界务大臣刘万胜接受英方贿赂，任凭洋人摆布，将历史上属于中国的铁壁、虎踞、天马、汉龙等"下四关"及光绪二十年（1894年）条约中划归中国的部分地区割让给英国。帕应法所部武装牺牲100余人，被俘100余将士，艰辛坚守8年之久，为捍卫"下四关"的多年奔走和受辱，以及被侵略军屠杀的无数各族人民的努力和牺牲，都完全付诸东流。帕应法悲愤欲绝，立即拿出历代文证，直接去找刘万胜据理力争。最后刘万胜竟宣告要以"犯有欺君之罪，理应抄斩九族"为诬词上奏，逼使帕应法撤军，并勒令帕应法的抗英队伍限期撤离勐卡，将大片领土拱手割让英方。

帕应法之父帕专法，作诗感叹曰："恨将要路成他域，难赎通津返故关。从古卖城皆巨吏，国染何面对人间。"

帕应法热爱祖国，亲率干崖各族勇士于顿哄孚8年抗英的英雄壮举，犹如一面高高飘扬在祖国西南边疆的旗帜，多少年来激励着各族兄弟抗击侵略、保家卫国。20世纪40年代，举世闻名的滇西抗战中，边疆各族人民那种前赴后继、气壮山河的浴血奋战的抗战史实，不正是这种民族精神和传统爱国精神的生动体现吗？

悲愤之至、挥泪撤兵的帕应法仰天长啸："小民尚知守土，朝廷却忍辱求荣，如斯沉沦，国将不国！"

帕应法光绪二十五年（1899年）满腔激情创作完稿的《抗英记》长诗，感情奔放，倾诉了对帝国主义的仇恨，对昏庸清政府的不满。这是一

首歌颂正义、反对侵略的爱国主义诗篇，成为边疆各族人民爱国史上的不朽诗篇。《抗英记》在边疆各族人民群众中广泛流传，在傣族近代文学史上占有重要地位。

为缅怀悼念8年抗英的死难烈士，帕应法又于清光绪二十八年（1902年）特意分区隆重举行了纪念活动，给予死难烈属定额补贴并免除官租，以慰英灵……

帕应法在顿哄罕仰天长啸，标志着其强烈的爱国主义精神，促使其与封建朝廷决裂，迫使他不得不重新寻求救国之路。

留学东洋入同盟

傣戏《刀安仁》

清光绪三十一年（1905年）秋，著名革命党人秦力山携

秦力山之墓

陈仲赫、陈守礼、李贞壮、陈仁和、谢玉兔等人应刀安仁（帕应法）之请从仰光到干崖司署创办军国民学堂，提倡办新学，习文操武，给学生灌输革命思想，为推翻帝制培养力量，培植军政人才，在干崖播下反帝反封建的民主革命火种。老一辈无产阶级革命家、教育家吴玉章对到干崖这一民主革命根据地活动过的同志怀念至深，在《辛亥革命》一书中说："川籍同盟会员王仰思、秦鼎彝（即秦力山）等，应云南干崖土司刀安仁（同盟会员）的约请，前往干崖发动革命。"刀安仁与秦力山一见如故，时常通宵达旦地谈心论政，秦力山促其东游日本。光绪三十二年（1906年）农历十月，秦病故于干崖，葬于新城。

光绪三十二年（1906年）正月，刀安仁携带秦力山给孙中山、黄兴的亲笔介绍信，率刀安文、刀安宇、刀贵生、刀卫廷，以及傣族女青年刀厚英、线小银、龚银团、管子才、刀白英、钱朗伴等人，前往日本求学，寻找振兴干崖及革命的真理。

光绪三十二年（1906年）2月16日，孙中山先生从西贡抵达

新加坡，以帮助陈楚南、张永福建立南洋中国同盟会。刀安仁此时刚好从缅甸仰光途经新加坡前往日本求学，立即持秦力山荐举信见孙中山先生。此时孙中山正谋求在中国南部打开反清武装斗争新局面，两人一见如故，倾心相谈，临别时两人又相约日本东京见面。

光绪三十二年（1906年）5月12日，刀安仁一行到达日本东京，即去见已先期从香港至日本的孙中山先生。孙中山先生很快派人办妥刀安仁一行的各项入学事宜。

刀安仁、刀安文等人到日本后多次聆听孙中山的教导，懂得了很多知识和革命道理，深受感动，认识到同盟会的政治纲领就是自己的追求，坚决要求加入同盟会。

光绪三十二年（1906年）5月31日，在日本东京一间密室内，墙上悬挂着一面旗，由孙中山主盟，刀安仁、刀安文等七八人，跟随吕志伊庄严宣誓，加入同盟会。经孙中山介绍或主盟加入同盟会的会员不少，但《中华民国大事记》将刀安仁的入盟作为大事记载，意义深刻。

波峎说傣语

在日本留学期间，刀安仁一行不仅将中山先生尊为师，视为亲人，称为波峎，且与腾越老乡亲切交往。

"冷、双、三、昔、哈……这是波峎一见到我们就念的傣语，把我们肚子都笑疼了！"这是刀安文夫人钱朗伴的回忆，关于在日本听孙中山先生学讲傣语"一、二、三、四、五……"的趣事。钱朗伴还回忆说："有一次，他当着许多人的面跟我开玩笑，说：她这个人长得像粉团花一样，怎么名字还叫'半'呢？太难听了，以后就叫她'粉团'吧！这话传开

1984年出版的《刀安仁年谱》

后，许多人就叫我粉团，连朗伴的名字都弄丢了。"

傣语"波哏"，是汉语"家长"之意，也是当年与刀安仁一行到日本求学的人对孙中山先生的特有尊称。

与刀安仁一起到日本求学的人这样回忆："说起孙逸仙，真是个好人。说话很和气，平易近人。只要他在东京就经常来我们家玩，因为他住的地方离我们不远。我们在那里的全家人，个个都尊称他为'波哏'。召游历（刀安仁）有什么事都要去找他，据说干崖家里汇的钱都交给他，有时我还到他那里去拿钱用。我们家的人有病时都请他开处方，照着单子买药吃就行了。有一次，朗伴闹着要回干崖，教生（刀安文）就骂她：'我不知道，你去问家长，他准你回去的话你就走。'有一天孙逸仙来了，教生把事情抬出来。他给我讲了许多道理，说人人都有父母，人人都想家，但我们出来不是为了玩，而是要读书，学知识。读好了书，以后到美国、法国、英国都行。他又给我们讲了许多革命的道理，把大家说服了，以后再也没有人闹着回家。""他们刚到日本不久，有一次刀安文夫人钱朗伴生病，他们就把孙逸仙请来看病。孙先生用手平脉，那时钱朗伴第一次被生人摸手，羞得满脸通红，望都不敢望他一眼，还是后来见许多妇女都到医院请医生看病，我的思想也才慢慢开通。他有说有笑，常常问我们一些傣语，还说：'你们的傣话和广东话差不多，以后我会来云南学傣话的。'"从这些生动的记忆中，我们可以看到，刀安仁一行与孙中山的交往多么密切。

腾越老乡格外亲，与刀安仁一行同期到日留学的腾越老乡还有两人，一人是李根源，另一人是陈廷楷。李根源，别号印泉，读陆军士官学院毕业；陈廷楷，别号绍堂，读政法学校……

钱朗伴回忆说："我们在日本时，李根源更是经常来我们家。因为那时我们干崖属腾越厅，他家又是在南甸，和我们是最靠近的同乡。他当时在日本又是一个公费留学生，经济也比较困难，所以他经常来我们家，关系也最密切，遇到吃饭就吃，有时来晚了还要叫我们给他做饭吃，很多时候还来'借'零用钱。"在刀安仁去世

后的抗战期间，刀安仁长子帕克法为抗战之事致《干崖土司刀保图致李根源函》，称其"印公大叔大人阁下"。

一次集会时，刀安仁与朋友们谈起腾越的科举考试，听说参加集会的陈廷楷刚到日本留学，又是腾越老乡，之前是腾冲王开国老先生门下最后一次参加科举考试的人，刀安仁非常高兴，自然就与陈廷楷谈得很投机。

不久，陈廷楷得知家中爱妻病故的消息，十分痛苦，写下了很多悲伤的诗，一部分在他回腾后刻记在其妻的墓碑上。刀安仁听说后，与陈廷楷在校园散步，以诗慰之。几年后，同盟会员陈廷楷回到腾冲，与其姐夫、大哥一起积极参加刀安仁、张文光等领导的腾越辛亥革命，担任起义的警察局局长。

刀安仁墓地

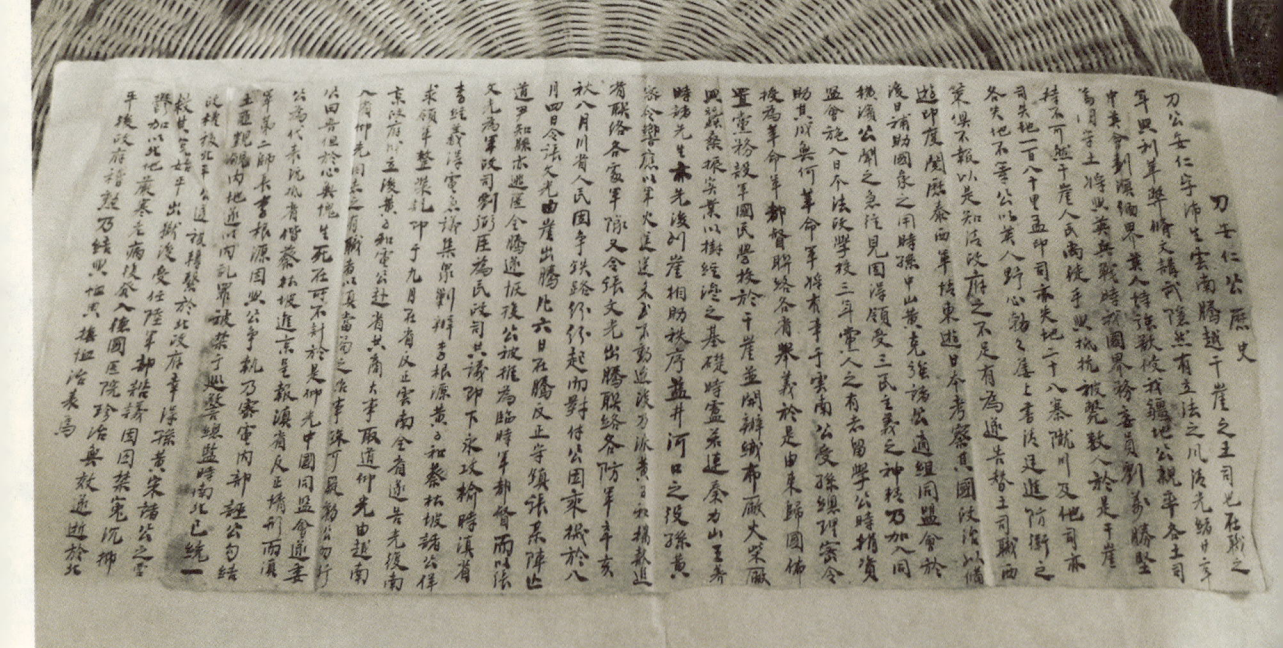

干崖起义失战友

永昌起义为何又称干崖起义？因为参加起义的骨干绝大多数都是干崖人，起义的敢死队是由干崖同盟会员组建的。

光绪三十三年（1907年），刀安仁根据孙中山的指示，回国开展革命活动，并随时将工作进展情况向孙中山请示报告。

光绪三十四年（1908年），孙中山和黄兴来到缅甸仰光。刀安仁去仰光会见孙中山，接受了开展腾越、滇西革命活动的指示。7月，同盟会员何畏由缅甸经干崖前往永昌，筹备起义。十一月中旬，清光绪皇帝和慈禧太后先后去世。随后接到何畏报告起义准备就绪的来信，杨振鸿即由仰光乘火车至腊戌经昔董出盏达步行至干崖。经与刀安仁、黄毓英、王养石、俞华伟、杜韩甫等商量决定，刀安仁立即组成敢死队，交由杨振鸿、刀椿廷率领去攻打永昌。

奔赴永昌的干崖敢死队有傣族、汉族、景颇族、阿昌族等各族人民参加。杨振鸿与刀椿廷带领敢死队避开敌人，由干崖新城出发，上油松岭，出萝卜坝，经大、小蒲窝，过龙江，越高黎贡山，渡过怒江，于11月28日到达蒲缥。与何畏会合后，敢死队至离永昌城35里的莽林寨驻扎。12月1日夜，起义军千余人如期集中到永昌城北门外即时发起攻城。但事机被泄露，永昌城已戒备严密，起义未能成功。杨振鸿率队撤退，因劳累过度，且因起义失败心中愤懑，医治无效，遂于光绪三十四年（1908年）12月11日晚8时死于永昌何家寨，年仅35岁。刀安仁回干崖发展的同盟会员刀椿廷在攻北门时牺牲。

辛亥革命后，云南军都督府改葬杨振鸿的遗骸于保山太保山，并赠"忠毅"谥号，且在省城昆明金碧公园（旧址，即今昆明金碧路云南省第一人民医院）树立铜像，以纪念其革命业绩。随之，南京政府临时大总统孙中山又追赠他"左将军"之称号。

干崖起义失败后，清廷震惊。云贵总督锡良呈奏朝廷："速改腾、永十二司，酌设流官，以除乱本。"同时，令干崖军国民学校不准教授兵式体操，并遣人严加防范。腾越厅还派员搜查干崖，诬称工厂是兵工厂，勒令停产，一切停业。干崖同盟会的活动，随着革命党人的连续受挫，时起时伏。

辛亥革命根据地

什么是边关神奇？什么是盈江魅力？神奇魅力中闪亮的一点，令我们感到惊奇的同时更感到自豪和骄傲的是，辛亥革命

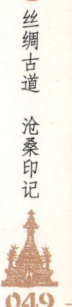

滇省首义——腾越辛亥革命的根据地干崖，就是盈江！

一百多年前，中华崛起；辛亥十月，武昌革命。各省响应，废除帝制；西南一带，腾越首义。辛亥革命废除了帝制，使中华民族从睡梦中觉醒，为中华民族的伟大复兴奠定了基础，具有划时代的意义。

宣统三年（1911年）10月，以中国同盟会会员刀安仁为领袖的德宏边疆各族人民，在孙中山和中国同盟会的领导下，策动滇省首义，打响了云南推翻清王朝的第一枪！腾越起义三天后，昆明"重九起义"成功。

根据地的建立

腾越，辖南甸、干崖等七土司地，与缅甸接壤，是"南方丝绸之路"枢纽、中缅边境商业的重要集散地，清政府设腾越厅、迤西道于此，又是腾越镇总兵署驻地，成为滇西政治、经济中心和边防重镇，是进可攻、退可守或避入缅甸保存革命力量的武装起义之地。

孙中山先生颇希望在云南发动武装起义，他在光绪三十二年（1906年）1月指出："云南最近有两个导致革命的因素，一是官贪吏敛，另一是外侮日亟，易于鼓动奋起。"光绪三十四年（1908年）夏，孙中山先生在越南河内设立同盟会总机关，作为策划两广、云南起义的据点。

光绪三十四年（1908年）3月，缅甸中国同盟会分会成立。宣统二年（1910年）7月，仰光分会决定在干崖建立以刀安仁为首的同盟会支部，作为滇西起义的前线指挥中心，以联络滇边各土司为革命党人进行方略之一，并派员前往协助。孙中山先生还明确缅甸中国同盟会分会与干崖同盟会相互之间的组织关系，标志着干崖革命根据地的确立。

《云南文史资料》第15辑周开勋在《腾越起义的一点回忆》一文说："腾越起义并不是突然的，是在干岩（崖）刀沛生（刀安仁）、张文光的组织下，有领导有计划地秘密工作，将近十年以后才成功的。"

那么，同盟会为何要把干崖作为滇西起义的革命根据地呢？原因很明确：

2011年11月，各族群众参观刀安仁故居

其一，干崖的位置优势。

干崖紧连缅甸，是"蜀身毒道"的关隘之地，可以自由出入，并与境外联系；内接腾越、永昌，亦可北扼大理重镇，出下关南击昆明，真可谓"举一隅以号召人心为天下倡"。故当辛亥革命酝酿之际，"沿边每有党人奔临，或意在联络，或亡命至此"。

其二，干崖的革命武装。

干崖有一支由同盟会员刀安仁直接指挥的武装。这支武装的骨干大多曾与刀安仁在勐卡抗敌8年，生死相交。

其三，干崖的革命基础。

军国民学校建立。干崖军国民学校在秦力山等革命志士的培植下初见成效，培养的首批青年学生已成革命骨干。

其四，自治同志会的建立。

光绪三十三年（1907年）冬，刀、张、刘商定在腾越建立同盟会外围组织——自治同志会（又称自治青年会），刀任组长、张副之，核心同志50余人。在发展自治同志会的过程中，张文光在腾冲与光绪三十二年（1906年）加入同盟会的李治等人积极活动，并运动新军中、下级军官，成效明显。

其五，干崖的革命传统。

光绪三十四年（1908年）11月，由同盟会员杨振鸿、刀安仁、黄毓英、王仰思、俞华伟、杜韩甫等组织的干崖敢死队前往永昌发动起义。朱德委员长指出："永昌起义虽然失败了，但革命的影响却在云南日益扩展起来。"

其六，干崖的自然资源。

干崖的自然资源十分丰富。光绪三十四年（1908年）春，刀安仁返回干崖，以"发展实业，光复民族"为宗旨，兴建厂矿，开设银庄，开干崖近代实业之先河。

其七，干崖的执政资源。

刀安仁是干崖土司，掌握着干崖地区的人力、财力和物力资源。刀安仁加入同盟会后，孙中山先生即傍为发动滇西起义柱石，刀安仁则以"滇边举义为己任"。

其八，有利于联络滇边土司。

光绪三十四年（1908年）11月，同盟会仰光分会（又称同盟会仰光总机关）成立，主要任务是发动滇西革命，确定了联络滇边土司为革命党人进行方略之一。

同盟会仰光分会奉孙中山之命，将经营滇边革命作为其主要任务，领导、支持干崖同盟会发展力量，建立革命根据地。其先后派往腾越协助建立干崖根据地的革命者计有秦力山、王仰思、杨振鸿、黄子和、马幼伯、杜韩甫、居正、何仲杰、王尧民、李遐章、

2011年11月，召开第二届刀安仁民主革命思想研讨会

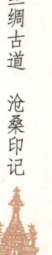

董鸿勋、张定臣、吴品芳、俞培隶等数十人。

决定发难腾越

《滇省光复溯源纪实》载："武昌起义而中原各省响应之；腾越发难，西南一带响应之。事有先后，而其功则一。""然一声霹雳，竟徒手空拳而覆清室，不可谓其功之不伟也。光复之功宜乎武昌腾越并载史乘，永传不朽焉。"

宣统二年（1910年）6月，刀安仁至南洋拜见孙中山先生，孙先生勉励刀全力筹办滇西起义。刀抵仰光后，向仰光分会吕志伊等传达了孙先生面谕，筹划年底举行滇西起义。

宣统三年（1911年）四五月间，缅甸同盟会用向南洋等地的华侨募捐经费购买一批军火，从泰国运抵干崖，增强了革命武装力量。

宣统三年（1911年）7月，刀安仁于干崖土司署主持召开会议。参加会议者有仰光分会代表张文光、刘辅国、蒋恩圳等。会议讨论、制订了滇西起义的具体计划，时间"拟于十、

2016年10月，召开第三届刀安仁革命思想学术研讨会

冬月间，远则至来年元月起义"，又明确了刀、张、刘各自担负的任务：刀安仁负责组织干崖起义军，并发动各土司按时到达腾越；张文光负责在腾越以自治同志会为基础，策动新军下级军官反正；刘辅国负责联络驻守芒允、昔马、户撒等地的巡防营官兵参加。腾越起义计划就这样诞生了，是刀安仁主持制订的。

此后，"事事走三三，宾朋两分散。友字不出头，天呈走四方"的传言在腾越一带民间流传甚广，暗喻革命党人即将举事，号召民众反清。

宣统三年（1911年）8月，同盟会仰光分会同意再次举行滇西起义的计划，内定刀安仁为腾越光复时之临时军都督，并派人将孙中山制定的《革命方略》和"滇西国民军都督府"大印送交刀安仁掌管。

中华滇省首义

宣统元年（1909年）农历八月底，张文光给在干崖的刘辅国发来一封密信，要其"请到郗公处将《医宗方略》带回"，意思是叫刘辅国去向刀安仁索取《革命方略》与印章带回腾冲。"怎么这么快？"刀安仁心中有疑，不允。

同年农历九月初三日（10月24日），张文光到干崖详细通报了各方面的准备情况，颇动感情地又再次强调了须取《革命方略》

和印章才好赶回腾越行使指挥权力的种种理由。

刀安仁考虑再三，慎重地将《革命方略》与印章交予张文光，并叫长子帕克法设宴敬酒。"取酒每人敬三杯，预祝起义成功，俞华伟慨然誓曰不成功无颜再回干崖矣，诸同志皆曰不成功即当成仁，决定不回，此时大有破釜沉舟之慨。"

张文光于同年农历九月初六日（10月27日）午后回到腾城，直奔南城外五皇殿布置起义。

《盈江县志》载："（农历）九月五日（10月26日），刀安仁组织的'滇西国民军'已全部秘密集中到新城和旧城，并完成编制、装备。国民军有傣族、景颇族、阿昌族、傈僳族、德昂族、汉族等各族人民参加，共八百多人，编为五个营，由刀安善统领。五个营的管带有刀如标、杨子镜、刀卫廷、刀宇安、刀安靖、刀卓安、法岳准、思必成、刀翰勤、刀勇廷、线子升、思必镇等。刘辅国发动的巡防营，也准备就绪，待命出发。（农历）九月六日（10月27日）凌晨，刀安靖、刀如标、刀勇廷等带领先遣队出发，于当日晚8时赶到腾越，归张文光指挥，参加攻打镇、抚街门。上午，蛮允等地的巡防营开始起身，向腾越进发。中午，刀安仁、刀安善率国民军5个营自干崖昼夜兼程进发。夜晚9时，张文光在腾越率领陈云龙、钱泰丰、彭萱、李学诗和刀安靖等进攻镇台、抚台衙门，至午夜12时，各局署已先后攻下。（农历）九月七日（10月28日）凌晨，刀安仁、刘辅国的军队也抵达腾越。上午，战斗结束，民无所扰，人心大定。各商店陆续开门营业，行人像往常一样来往，市井俨然，秩序很好。"

刀安仁到达腾冲时，张文光已称都督且已行使都督职权，刀安仁被推任后军都督。这就是历史上著名的腾越起义。

政协云南省委员会文史资料研究委员会刊出《滇复先事录》编者按称："辛亥年（1911年）九月初六日腾越起义是孙中山先生领导、同盟会仰光总机关直接指挥的，是云南辛亥的先锋。它遵照同盟会纲领和《革命方略》，创建共和新军，组织了资产阶级共和制的滇西军政府……为辛亥革命在云南的胜利立下首功。"

《云南省志·民族志》载，在刀安仁组织的几次起义中，许多德宏各族人民都加入了起义队伍。在腾越起义中有800多人参加战斗，芒市司还捐款了3000两银子，陇川司捐40斗米，他们都为推翻帝制、建立共和做出了贡献。

孙中山闻讯刀安仁、张文光在云南省先举义成功，特致贺电以示鼓励。

腾越起义是在孙中山先生号召和同盟会仰光总机关直接指挥下进行的，起义计划是在仰光总机关指导下制订并被批准的，它推翻了清王朝在滇西地区的封建统治，建立了云南第一个资产阶级民主革命政权，有力地促进了云南辛亥革命的进程，也有力地声援和促进了全国的辛亥革命运动。

腾越起义成功后，张文光任滇西军都督府前军都督，刀安仁任后军都督是事实，而一个地方竟然会有两个并列的都督，这在全国辛亥革命起义中仅有腾越一例。但其原因也非常明确：这是在特定历史条件下形成的特殊做法，均得到当时广大官兵与人民群众的拥戴，这是辛亥腾越起义的具体情况决定的，是历史形成的。事实充分说明，如果没有刀安仁的组织领导并将印信交给张文光行使指挥权，腾越辛亥起义不可能顺利举行；如果没有张文光"结死士"冲锋陷阵，腾越辛亥起义则很难成功。这就是腾越起义的特色，充分展示了腾越人民的包容情怀！因此，可以说，刀安仁担任都督是：顺理成章且名正言顺的，张文光担任都督是众望所归乃天降大任的。

史学家及社会人士对腾越起义给予了高度评价："丹心碧血沃中华，丰功伟绩铸共和。"腾越起义成功并为辛亥革命在云南的胜利立下首功，历史不会忘记！

辛亥腾越起义的革命精神，将继续激励着边疆各族人民奋勇前进！

血色记忆

抗战的历史,开启了中国凤凰涅槃、浴火重生的新征程,成为中华民族从衰败走向振兴的转折点。各族人民爱国感情的激发、民族精神的振奋,在浴血的拼死抗争中得到了空前的弘扬和升华……新中国成立60周年建成的盏西革命烈士陵园汇聚万民之心,纪念长眠在边疆的革命先烈,彰显中华民族之伟大复兴!

大盈江不会忘记

地处国境线上的盈江地区的抗日斗争,是滇西抗战的有机组成部分。滇西抗战中,日本侵略军之所以未能打过怒江,实现其进一步占领中国西南大后方的企图,其原因除抗日军队利用怒江天然屏障,沿江重兵防守之外,还在于包括原盏达、干崖及盏西在内的滇西沦陷地区各族人民的浴血奋战。一旦日军打过怒江,占领滇西以至昆明,情形将十分危急,中国的抗日斗争将更加艰难。

盈江各族人民面对凶恶的日本侵略军,没有被吓倒,而是团结起来,奋力抗击。抗日战争时期,虽然盈江大部分地区仍处于封建社会初期的落后社会形态中,被视为"蛮荒之地",被称为"夷方坝",但是,在中国共产党所倡导的抗日民族统一战线旗帜的指引下,具有反抗侵略光荣传统的盈江各族人民,拿起刀枪,痛击日寇,国境线边到处燃起抗日烽火,谱写了可歌可泣的篇章。

大盈江不会忘记，在民族危亡的紧急关头，在中国共产党举起的抗日民族统一战线旗帜下，实现了国共两党的合作，全国范围内形成了各族人民、各界同胞、各民主党派和抗日团体、各阶层爱国人士和海外侨胞抗日救亡、共赴国难的伟大局面，终于赢得了近代以来中国人民反对外敌入侵的第一次完全的胜利。

盈江人民仍然传颂着抗日军队和各族兄弟在盈江地区英勇抗击日寇的光辉业绩。有诗赞之曰：

  边关燃烽火，民众提刀枪。
  遍地击日寇，各族兄弟上。
  蛮允重创敌，昔马第一枪。
  鬼子滔天罪，长刀闪寒光。
  伏击浑水沟，歼敌槟榔江。
  七十年前事，江畔颂歌响。

党在德宏的活动

1939年1月，中共中央南方局批准成立中共云南省工委。1942年滇西沦陷后，云南成为抗战前方，各种矛盾错综复杂地交织在一起。面对异常复杂艰苦的斗争环境，中共云南党组织及在滇军中工作的中共党员根据南方局的指示精神，加强了在云南建立抗日游击队的准备工作。

1942年5月，日军侵占滇西的腾冲、龙陵等地，怒江西岸大片国土沦陷，滇西各族人民纷纷武装抵抗日军。龙陵地方士绅在龙云的支持下，组建腾龙潞游击队。

1942年6月，在中共云南地下党员朱家璧、张子斋等的影响和鼓励下，家在龙陵县象达镇的青年军人朱嘉锡，毁家纾难，组建"昆明行营龙潞区游击支队"奔赴龙陵、潞西（今芒市）地区开展游击战。朱家璧介绍从缅甸撤回云南的华侨战工队地下党员范正等及进步青年共7人进入该部，编入民运工作队，宣传抗战。之后，中共云南省工委先后几次派人到滇西了解情况，指导这支部队开展工作。

1943年底，原国民党军第60军副官主任常绍群奉命率龙潞游击支队与国民党军第2军第9师第27团一部从龙陵、潞西一带开往腾冲、梁河、盈江、莲山一带，抗击日军。这支部队到过今盈江县的太平、昔马、铜壁关、芒允、姐帽、弄璋、旧城、油松岭等地活动。他们从油松岭出发，到户撒地区，袭击日军56师团106联队金纲宗四郎大佐之高木营中队，歼敌数十名，击溃了敌军。

为了使这支游击队得到正确的政治指引，常绍群派遣王任之前往昆明接中共党员张子斋同志前来指导，加强游击队的政治工作。由张子斋推荐，介绍中共党员唐登岷以《云南日报》编辑的身份来到盈江、莲山一带，协助常绍群开展游击队的政治工作。

唐登岷，汉族，云南保山人，先后任中共昆明支部委员、中共云南特委委员、中共云南省工委常委，负责新闻、文化界统战工作。唐登岷到常绍群部后，为坚定士兵抗战的信念，提高他们的素质，在游击队开展了多项活动。他倡导士兵学习文化；建议、协助常绍群组织秘密团体，并命名为"星星社"；发动部队进行生产运动；经常开展文娱活动。唐登岷还写了介绍滇西敌后游击队战斗生活的通讯6篇，刊登在1944年11月至1945年2月的《云南日报》上。此外，唐登岷还对地方抗日自卫队开展统战工作。唐登岷的一系列活动引起了国民党的注意，当他返回昆明向党组织汇报情况时，常绍群的部队已被监控，因此未能返回滇西开展活动。抗日战争胜利前夕，派来工作或疏散的党员都先后离开了滇西，初步建立起来的组织和进步青年与党组织失去了联系。

坚持抗战的傣族将军帕克法

"边疆民族只文化落后，爱国并不后人。"这是著名的傣族抗日将军帕克法的名言，而"爱国并不后人"也正是他坚持抗战的真实写照。

帕克法，汉语官名刀保图，字京版，傣族，盈江新城人，1899年生，帕应法长子。清宣统年间参加同盟会，1911年腾越辛亥革命时任革命军大队长，其父1913年病故后接任干崖第22代第26任傣族土司之职。1916年蔡锷将军委其为边民志愿军总队长，任中国国民党海外支部八莫分部执行委员。1929年又到勐卯当土司代办，任中央雷允飞机制造厂参议、腾龙边区行政监督公署行政顾问。

1941年，杜聿明率中国远征军到缅甸阻击日军，因帕克法之父与杜聿明拜过把兄弟，故杜聿明才到芒市就派人到瑞丽找帕克法联系。杜聿明途经瑞丽，帕克法即以晚辈之礼拜见杜聿明并随之出国作战。帕克法欲组织中缅义勇军，准备出国作战。杜聿明一是敬重其父帕应法；二是赞赏帕克法的爱国精神；三是看重帕克法的胆略气魄，很快任命其为第5军"少将参议"，并委派其回干崖组建武装。帕克法回勐卯一边交代相关事项，组织队伍带回盈江；一边写信叫其子干崖小土司帕并法快做准备。

很快，帕克法就回到干崖组织中缅义勇军。当时干崖司署较为固定的武装兵员有12个练寨，共155名。1942年5月，第5军第200师和常备补充团从缅甸退回路经干崖时，帕克法收留了一些国民党官兵，如师部少校参谋刘公敏、补充团少校参谋张奋东，李书

浑水沟伏击战遗址

臣和左德祥 2 个连长以及 30 多名士兵，后来确也出了不少力气和计谋。据 1944 年 5 月 17 日卫立煌致龙云电所载，帕克法担任主官的第一路军司令部"人员 586 人，轻机枪 142 支，马 16 匹"。

1942 年 5 月 10 日，日寇侵占腾冲。日军侵占腾冲后的第 5 天，中国远征军第 6 军预备 2 师即渡过怒江开展游击战，并派员与各抗日武装联系。9 月 12 日，尹明德抵达盈江，帕克法将中缅义勇军改名为滇西边区自卫军第一路军，被委任为滇西边区自卫军第一路司令，下辖户撒、腊撒、盏达等土司武装及部分地方抗日自卫队。

1943 年初，另组的莲山独立支队仍属第一路军所辖。随之，帕克法即派其子率一个大队赴坝尾抢守蛮线及南山一带，其余兵力在浑水沟及后山、莫福驻守。

抗战中，正如帕克法所言："自信为国热忱，上不愧天，

开展爱国主义教育活动的学生

下不愧地,中可以鉴于我同胞者也。"其指挥的独路口之战役,即为一例。

1942年9月,国军预备2师副师长洪行获悉,日军将有一部分经干崖调往腾冲,干崖去南甸须经浑水沟,葫芦口为其必经之道,遂到盈江与帕克法商议,确定在葫芦口伏击日军。

果然,日军18师团6735部队高杉大队500余人自畹町经陇川过户撒向盈江开来,到丙乌寨宿营,陇川抗日自卫队事先派人到新城送信给自卫军司令帕克法,安排在蛮线的分队也赶来报告日军的消息。帕克法知悉后,一边命令旧城街青年队紧急严防,堵住路口,伏击敌人;一边即与驻梁河预备2师及梁河抗日自卫军赵宝忠部联系,组织各路抗日武装,共同在浑水沟一带设伏。帕克法司令部很快到达龙塘寨,命派黄辅臣、线永茂两个大队按计划伏击。

旧城街青年队没有作战经验，抵挡一阵便撤往拉弄、弄满寨子。9月23日，另一路日军江藤部300多人由缅甸八莫到旧城街与高杉大队会合。次日，日寇派侦察机从八莫顺大盈江飞到腾冲附近侦察，然后又顺江飞回八莫。9月25日，日军派出一个小队渡过南底河，到新城土司衙门及其附近村寨搜查，也同样没有找到人。9月26日，日军进入浑水沟。

浑水沟，东西两面是高山，山脚下面夹槽流淌着原称太平河的南底河，南底河水顺势而下与宽广的盈江坝子形成一个葫芦状。北进则为葫芦口要隘，其道仅通一人一骑，人称"独路口"，大有一夫当关，万夫莫开之势。

当日军杀气腾腾、耀武扬威如出入无人之境般进入伏击圈，顿时四面八方枪炮齐发，日军死伤甚众，遁入箐中抵抗。仓皇应战的日军欲夺路突围，抗日武装集中兵力猛攻，凭借易守难攻的险要地势，让日军屡攻不克。日寇想要往后退，又被帕克法事先安排在后方朗宛一带的伏兵全力堵击，无法行动。激战半日，敌人死伤不少，物资损失很多。下午，日军的飞机想给被围部队空投物资，由于地势险要，飞临3次才投下1次，且大部分物资被抗日武装夺取。最终日军死伤惨重，陷入绝境。

夜晚，日军趁夜用木桩钉住崖壁攀附而上，次日天将拂晓时，突破东线防区，反去包围在葫芦口和桥头布防的预备2师部队。预备2师奋起迎敌，与日军展开白刃战，双方伤亡惨重。激战半日，预备2师转移，日军进驻遮岛，开往腾冲。

此次战斗，所谓所向披靡的日军，竟在这小小的山沟里遭到惨重的损失，实在让人出乎意料！这一战打掉了他们的嚣张气焰，大大鼓舞了抗日军民杀敌卫国的勇气，在滇西军民抗日战争中写下了光辉的一页。之后，日军再不敢以少数部队通过梁、盈、莲地区。

此后，帕克法坚持抗战，遇到各种各样的艰难险阻，始终

坚持不渝。

1942年8月,帕克法所部旧城街青年队抓住6个日寇奸细,被处死,丢入江中。

新中国成立后,帕克法先后任盈江行委会主任、县长,保山专区联合政府副主席。1952年,受毛泽东主席亲切接见。1953年7月23日,德宏傣族景颇族自治区成立,抗日将军帕克法当选主席。之后,自治区改为州,帕克法担任州长直到病逝。同时,他还任云南省政协副主席,国家民委委员,全国第一、二、三届人民代表。帕克法十分感谢共产党的关怀和信任。他的许多亲友从国外回来去拜访他时,他都称赞党和国家的民族政策,感谢党和人民为他安排了良好的工作环境及工作条件,使之能继承其父遗志,为家乡的繁荣昌盛和边疆各民族兄弟的发展与进步贡献力量。

过河的牛群

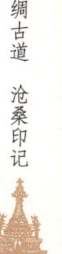

    帕克法于 1966 年 12 月病逝，终年 67 岁。
    坚持抗战的傣族将军帕克法虽然已经逝世 50 多年，但他热爱祖国、坚持抗战的精神永远留在边疆各族人民心中。

"江中水鬼"惩敌寇

    日寇在盈江干尽了坏事，人民对日寇有切齿仇恨，一直在伺机反抗。一次，干崖维持会在新城请客，日军大小军官和士兵在酒席上狼吞虎咽，吃得醉醺醺的，闹到很晚，结果有 4 个小军官失踪了。第二天，日寇到维持会追究责任，但一点证据也没找到，只好不了了之。原来是当地傣族青年乘日寇酒醉，说领他们找花姑娘，把他们引到山脚，一刀一个全部杀死，埋在鱼塘里，又用猪草盖在塘子上面。过了几天，尸体发臭，鬼子才找到那几具尸体。日寇不知是什么人杀死了这4个军官，只好作罢。日寇驻扎新城期间，常常有人失踪，有的士兵是被抓来的，不愿为日本帝国主义卖命而私自逃跑了，有的是被傣族群众杀了。日寇再不撤走，最终是要被埋葬在盈江的。

腾盈路修通后，日寇强迫槟榔江下游的傣族群众在新城去蛮洞的江面上架了一座木桥，汽车经常来往运货。因是交通要道，日军在桥头驻兵防守。一天夜里，一辆载有日军官兵的汽车开过时，掉入江中淹死了10多个。原来是抗日自卫军的"江中水鬼"乘着黄瓜船，假扮夜间打鱼的把桥悄悄锯断了。

这些"江中水鬼"原是兴龙和傣龙寨子的傣族青年，人人都有"浪里白条"的本领。他们有的能潜入水底在水中爬行一袋烟的工夫，有的可以在嘴里含一个橄榄果钻进江底，吃完橄榄又含着果核露出水面，因此被人们誉为"江中水鬼"。以前，这些"江中水鬼"经常潜到江底捉拿大鱼，后来绝大多数都参加了抗日自卫军。

日寇侵占盈江后，日军官兵经常失踪，无处寻找，尤其是日军的游泳能手，白天在槟榔江游泳时，常常突然沉落水底，连尸体无影无踪。这些失踪的日寇，就是游泳时被"江中水鬼"拉到水底淹死的。"水鬼"们用的武器只是两根套猪索扣，他们用索扣套住日寇的两只脚，用力一拉，就把日寇拉到岸边的树脚下，塞进树根空心处捆起来，再把日寇沉入江底，待日寇尸体腐烂，大鱼就来把尸体争吃干净。日寇被连续袭击后，认为有什么鬼神作怪，再也不敢随便到江中划筏游玩了。

弄璋项下寨的傣族青年吴波白被日军抽派到新城，在蛮洞寨修路搭桥。一天，他扛架桥用的黄果树木料时，不小心让木料滑了下来，被日军毒打一顿。当天，6个日军从江中抓了鱼后，吃鱼喝酒，大醉而归。吴波白约了3个伙伴，在蛮洞寨把6个日军全部杀死，缴获了步枪、手枪等武器。

在抗日战争期间，腾冲洞山人杨绍林，绰号叫"黑人牙膏"，为日寇侦探情报，手段极其凶残。为了除掉日寇豢养的这个铁杆汉奸，自卫军事先制订了周密的计划。

一天，混入伪军队伍的旧城老抛山人吴宗祥对杨绍林说："西山我有亲戚，不要怕，走嘛！"约杨绍林等人到西山去侦探刀京版部的情况。"黑人牙膏"等人就跟吴宗祥去了西山。杨绍林他们才走过槟榔江渡口，自卫军的勇士就从路旁跳出来抓住"黑人牙膏"等人，用刺刀一个一个地将其戳死，甩进大江里去。

芒允抗日自卫大队

首战必胜老刀弄

滇西抗日自卫军成立后，芒允自卫大队也很快组织起来，先为第一路军刀京版直属的第二大队，后为莲山独立支队第五大队。

芒允自卫大队有 3 个中队，共 300 多人，其中芒允中队 150 人，武器装备较好，训练有素。铜壁关 1 个中队，洋伞河坝 1 个景颇族中队，虽然武器不多，但顽强勇敢。芒允自卫队组建后，上面派来田彪等几个尉官帮助指挥训练，主要进行射击与单兵进攻。

抗日自卫队属地方民众组织，上面没有发过一文钱，也没有给过一枪一弹，自卫队的枪支弹药和经费开支全由地方自筹解决。自卫队先后搞到几批武器，加起来共有高射机枪 1 挺，重机枪 2 挺，轻机枪 8 挺，冲锋枪、步枪、手枪共 100 多支，各种子弹数万发，迫击炮弹数十发，但无迫击炮，有 TNT 炸药百余斤。许本和个人买的短枪 20 多支。此外，还有一部分铜炮枪和长刀等武器。

铜壁关组建了一个中队，分成戛独、嵘允、棠梨坝三个分队，

他们都是山区汉族。洋伞河坝组建了一个景颇族中队，由保长木挠任中队长。原先计划编一个傣族中队，由于景开文暗中破坏，未能很快建成。由于各族同胞有充满保家卫国热情，一支规模相当的抗日自卫队伍在短时期内很快组建起来。

自卫队组建起来的第一仗是在铜壁关老刀弄岭岗的伏击战。1943年2月9日，一股日军由缅甸溯羯羊河而上，至离铜壁关遗址不远的老刀弄田棚，准备入侵戛独。驻铜壁关的芒允中队三分队探知后，当即召集戛独街三四十人，棠梨坝一二十人，带上长刀和铜炮枪，赶去刀弄田棚到戛独的必经之路——老刀弄岭岗上埋伏。

老刀弄岭岗地势对我军极为有利，坡陡路滑，草木难生，易守难攻，地势十分险要。日军从坡脚开阔地往上爬，行进到半坡时，累得直喘粗气，又没有任何隐蔽物做掩护，全部暴露在枪弹射程内，抗日武装从坡顶隐蔽的地方突然猛烈射击，日军伤亡数十人后溃逃，抗日武装无一伤亡。

1943年3月中旬，自卫队撤至后山崃允，几天后有消息说日军要进攻崃允。抗日大队埋伏在小路上准备伏击日军，可是日军却从大路来。伏击伏空，且崃允只留下少数队员守备，在日军攻击崃允时，抗日大队留守队员无力抗击，且战且退，遇敌伤亡后自卫队退出战斗，日军丧心病狂地将崃允民房烧毁。崃允失守后，大队转移到戛独、铜壁关活动。此战后，赵宝忠部的70多人转到户撒。

几天后，棠梨坝分队来报，说日军自勐典经昔马前来围攻戛独。同时又有消息说，太平街也来一路日军进攻戛独。当时日军共分三路前来围攻自卫队，赵定忠部与日军周旋后转往后方景颇寨子松克。在松克住了几天后，该队又转往昔马驻防。

1943年4月8日，日军从芒允和昔马分两路侵入戛独街。当地群众闻讯全部藏身山林，无人遇害。可是没有来得及带走的猪鸡、粮食被劫掠一空。日军吃饱抢光后，放火焚烧整条街子，百多户人家房屋全被烧光。

宁为玉碎，不为瓦全

1942年底，芒允自卫大队开始集中军训三个月。在军训将结束时的1943年3月初，刀京版司令发来通知，说日军56师的一个联队由腾冲马面关向南推进，要对自卫队进行扫荡，要各自卫武装做好迎敌准备。

日军快进太平街前，有消息说，驻缅甸的一股日军要进攻昔马，芒允大队派出一个分队前往昔马支援，同时派出一个分队到铜壁关进行警戒。后来知道，进攻昔马的日军已被击退，可另一股日军已经进入太平街，芒允大队匆忙把派往昔马和铜壁关的两个分队调回，准备阻止日军向芒允推进。

1942年3月11日，侵华日军56师团148联队到达莲山占领太平街，兵分两路，一路追击国民军预备2师某部，一路准备向芒允进犯。

当时，有人劝说许本和，抗日不是一两天的事，既然日军要来，最好先避其锋芒，再寻求战机收拾鬼子。"打！坚决打！如果连打都不敢打，怎么对得起祖宗？我宁为玉碎，不为瓦全！"许本和态度坚决地说。刚好，莲山独立支队司令部派来协助指挥的科长赵克礼，原为11集团军军官，中校军衔，山东人，也在战斗打响前一天来到芒允协助指挥作战在旁边听到许本和所说，非常赞赏。

芒允各族人民战前挖战壕、修掩体，虽说第一次真刀真枪打仗，自卫队员们多少都有些紧张，但大家擦拭钢枪，互相鼓励，守卫家园，不当亡国奴，为国雪耻，一场家乡保卫的战役即将打响。

3月12日，天刚破晓，日军便气势汹汹、排成四路纵队向芒允扑来。日军认为他们由腾冲出发经南甸，过干崖，到盏达，直闯太平街，途中没有任何人敢放过一枪，更不会在这里受到什么阻拦。

芒允自卫大队以梯形布阵迎敌。在朗湾设一个前哨班，第一道防线设在拉丙，第二道防线设在轩岗瓦窑和朗哏林中，第三道防线设在帕格瓦窑。

当日军到达朗湾时，枪声大作，芒允自卫队的轻重机枪、步枪射出仇恨的子弹，手榴弹不停地在敌群中爆炸。日寇万万想不到在这里竟然会受到如此沉重的打击，被这突如其来的猛烈炮火打得晕头转向，措手不及，打死了部分日军，一个日军头目被当场击毙。

战斗打响后，山区崃允中队及洋伞河坝景颇族中队40多人也前来参战，原先联络的附近一些寨子的傣族壮丁也主动帮忙送弹药。日军受到沉重打击后，很快调回追击预备2师的另一部日军增援，战斗暂时平息下来。

芒允镇镇长左相如家被作为战时临时供给站，支起十几口大铁锅做菜做饭，做熟的菜饭源源不断供给前线的勇士，另有部分壮丁巡逻于小镇南边的护宋河一带。芒允百姓先是惊恐，后闻日军退却，欣喜若狂，奔走相告。

以命相搏卫家园

1942年3月12日下午2点左右，不敢贸然进攻的日军，等来了后援部队，才合兵向前进攻。

战斗重新打响，疯狂的日军数倍于自卫队，并使用了重机枪、迫击炮、掷弹筒等武器，兵分三路向自卫队的阵地进攻。抗日大队分队长唐启勇、杜开和率队员奋勇抵抗，霎时机枪、步枪、冲锋枪的子弹向日军倾泻。

带有迫击炮和小钢炮的大队增援日寇攻击轩岗第二线。在枪炮轰鸣声中，敌军数路进攻，自卫队据险而战。守朗哏坟地的6位队员在三面受敌、一面是江的逆境中与敌血战，多位志士壮烈牺牲，赵重伦泅过大盈江，负伤归队。

战斗异常激烈，日军的钢炮声和自卫队的机枪声交织在一起。战士李大美的颅骨被炮弹片击破，鲜血直流，被抬下阵地，昏迷中仍问打退日军没有。

防守轩岗荒园子（道班驻地）的阵地被日军占领后，日军即对坚守江边园的自卫队两个班的阵地形成半圆形包围圈。带领这两个班的是分队长杜开和。背后是大盈江，又寡不敌众，但他们毫无畏惧，英勇抗击。杜开和手提机枪，拼命地向日军扫射，越战越勇，日军一时间不能突破他的阵地。后来日军竟调集了几挺机枪集中对付杜开和，密集的枪弹打得他抬不起头。他只好且战且退，最后被逼到大盈江江边。在前有日军紧逼、后有江水阻拦的险景中，他和身边的李荣春等几个战士誓死不当亡国奴，不甘被俘，抱住机枪跳入滚滚大盈江中。追赶到江边的日军吼叫着用机枪向江中猛烈扫射。勇士的头久久没有露出水面，尸体慢慢地沉入江底，顺水而下，随着咆哮的大盈江水远去了。

1947年，杜开和的弟弟杜开祥在腾冲中学任教，找李根源为学校筹款时，李根源得知芒允抗战的详情，当场作诗纪念，赞杜开和烈士："卫国战倭寇，誓挥鲁阳戈。马革干裹尸，领军杜开和。"

下午5点，日军冲破第二道防线搜索前进，又遭第三道防线的游击阻击。东一枪，西一枪，日军到处挨打，日军的头目就是在朗哏树林被击毙的。

由于兵力悬殊，下午6点许，日寇攻占第三防线蛮朽冒及翁冷，自卫队在帕格瓦窑和翁冷山抗击，因敌众我寡，被迫撤到后山。幸好当日午后，街子上的群众便扶老携幼逃到铜壁关和江东一带，未有更多伤亡。

傍晚，日军进到翁冷、蛮朽冒，何以明率队阻击。天黑后，日军攻占芒允街，见到南大门紧闭，吓破了胆的日军担心有守军，便架起钢炮打了两发炮弹，毁了南大门。晚8点，日军占领了芒允，大肆烧杀抢掠。

这次阻击，芒允自卫大队牺牲10余人，打死日寇40余名，其中有日军指挥官1名。据腾冲马面关人评价说，驻马面关的敌人受到极大打击，因为进攻芒允的日寇就是由马面关调来的。

百姓逃难景颇山

1943年3月12日下午3点以后，前线传来第一、二道防线被突破的消息，芒允镇的百姓听到越来越近的枪声也惊慌起来，开始争先恐后向雪梨、挖焦一带的景颇山逃难。

日军侵占芒允后，大肆烧杀抢掠，没有来得及逃走的几个乡亲惨遭敌手。日军用刺刀刺死了寸成林，烧死了在楼上的病人芒允原区长袁子希，奸污了服侍病母的聪云。162间民房和学校被日军放火烧毁，好端端一个芒允镇在日军的铁蹄下成了断墙残壁，一片废墟。

芒允人许树宇真实地回忆了当时的情景与逃难的心酸："百姓离开几代人艰苦耕耘、世代繁衍生息的小镇，内心多么痛苦！家里有一位六十多岁腿骨骨折的祖母，不能行走，不得不留在家，分别时依依不舍之状甚惨。父母和兄妹共六人，两个妹子需人背负，仅父亲挑出了一副担子，担子中有一条御寒的毯子，一口铹锅，几升大米及换洗衣服，这便是全家人的财产和生活物资。当晚宿于老官坡一户景颇族人家，许多难民挤在一起。午夜我被叫醒，从山上向山下望去，只见我的家乡芒允红成一片，是鬼子在烧房子。早春午夜寒气逼人，我打了个寒战，侵略军对芒允人民犯的罪恶，深深植根于我们的心中。天亮以后，难民们觉得目标太大，怕日军追来，我全家又向上中山景颇寨转移，只见父母窃窃私语，声音压得很低，又见父母亲背着才一岁半的小妹泉春，转到寨子外的树林里去了，回来时母亲背上不见了小妹。以后我才知道，小妹在转移时死去，父母亲因此强忍悲痛，用手刨了一个土坑，将小妹埋下，还要强作正常的样子，真可谓家破人亡。"

芒允小学教师赵重义携妻子及四个子女逃难到后山的景颇族寨子挖焦住下。房东是一位景颇族老妇人，十分同情赵老师一家，尽一切能力给予帮助，两家人相处得很和睦。赵老师一家看到老人无儿无女，无依无靠，甚是同情，不久两家人的想法竟重合了：房东老妇拟从赵老师膝下接一个孩子为嗣，赵老师与妻子反复商量以后，将小女儿赵芬过继给房东老妇。几个月以后，日军龟缩回腾冲城内，难民们也纷纷返回家园。赵重义老师家也要返回芒允了，两家人依依不舍地泪别。赵老师对小芬晓以大义，悉心说服，自此两家人结下了骨肉缘分。几年以后，赵芬渐长，景颇族老妇为小芬取了景颇名字，叫"麻南"。后来麻南长成青年少女，与景颇族男子结了婚，生儿育女，扎根景颇山寨。2001年赵老师临终前，托人把麻南叫来，再三叮嘱她要好好孝顺景颇族母亲，教育晚辈，把家庭维持好，并亲手递给麻南500元钱后溘然长逝。麻南悲痛地殡送父亲后，返回景颇山寨。

建起抗日纪念碑

1994年3月12日，芒允人民抗日纪念碑筹备小组立起抗日纪念碑，并于1995年3月12日举行了隆重的落成典礼。之后每年，都有人来祭奠英灵，向英勇抗日的烈士们致敬，学习烈士们的爱

国主义精神，让烈士们舍身为国、保卫家乡的精神代代相传。

公邦洋之战

1943年2月20日，昔马自卫大队得到日军已到公邦洋的报告，先由杨自仓、徐云付带领60多人前往阻击。

寸时全一面立即派人到芒允、太平联系，请其出兵共同阻击，一面派出10多个青年战士到凡是马帮能通昔马的险要地段，砍树

撬石阻塞，还计划去毁掉羯羊河的铁桥以阻日军。他还集合了昔马自卫大队留下的30多个骨干到街子大队部开短会，通报情况，商议对策。

接着，寸时全率自卫大队数十人，并动员地方乡绅和众多民众共150余人，一起走到巨石关下的昔马关圣庙，祭奠关公，立下了与家乡共存亡的誓言。关圣庙前，群情激奋，热血沸腾，万众一心。有人回忆当时的情景，称为："那抗日声势实可谓全民动员，其场景实为壮观。"随之，寸时全、何朝定又带领80人立即前往黑梁子宿营。

杨自仓、徐云付等在先行阻击的路途中，遇到了自动留下侦察的人，得知日军只有22人时，大家的胆更壮了。快到公邦洋寨时，将队伍分成左、中、右三路，准备包抄敌军。其左、右二路每路16人，都是精壮之士，武器也好。中路36人的武器稍差些。其布局是左右迂回包抄，中间一路诱敌并作为策应。

日军住在一家民房里，有一个哨兵在门外站岗，与去包抄的自卫队员许忠国撞在一起，扭打起来。另一个自卫队员赶到，对着日军开枪，不料没打着，许忠国却被日军刺刀刺伤，日本兵见势不妙跑掉了。自卫队的几路人马也很快赶到，从几个方向攻击日军，日军抵挡不过，只得往后撤了。

自卫队的人也退回与寸时全、何朝定带领的大队人马会合。太平、大寨的自卫队也连夜赶到40多人，国军一个连长带着12个兵也赶到了。

次日一早，自卫队到朗省凹堵头严阵以待。上午11点左右，日军搬来了援兵，双方激战。

三四个小时后，日军败退。此战打死日军14名，日军撤走时，还杀死了公邦洋寨子的一个景颇族哑巴，抢走一头母猪。当夜，日军撤回缅甸拉弄去了，再不敢由此路南进。

昔马自卫队胜利返回，战斗中自卫队的李生富（中寨人）

牺牲，何正玉（街子人）重伤，20多天也后去世了。寸时全带领队伍抬着负伤的许忠国撤回昔马后，才和许本和联系上。

公邦洋战斗是昔马各族人民抗日自卫的第一枪，以自卫队胜利而告结束，极大地鼓舞了莲山各族人民的抗日斗志。

故，抗战期间受宋希濂委托到腾龙边区宣慰的尹明德即有"1943年2月20日……凭借巨石关优良地形，与敌激战二日，敌颇有伤亡"的记载。

抗敌支丹山

万仞关下支丹山的景颇族勇士在日军必经的路口埋伏阻击，伺机杀敌，开展游击战。草坝寨的景颇族青年直崩凹组织了十多个景颇族男子汉，端着铜炮枪，隐蔽在河边路口，埋伏在树林草丛中，在草坝寨、吾帕寨、卡场等地袭击日军，射杀了不少侵略者。

支丹山地区，气候炎热，道路艰难，掉队的日军士兵只要遇到景颇族人民，就很难活命。吾帕寨的几个景颇族青年，经常带着长刀寻找机会杀敌兵。当年吾帕寨有个叫勒戛奔怒的景颇族青年，有一天遇到3个掉队的日本兵，日本兵又累又饿，有气无力，被勒戛奔怒一口气全部杀死。

东棚洋寨子的傈僳族人民打听到日军要到寨子的情况，就在煮好的饭菜里放了毒，在酒里也下了毒，然后装作害怕的样子到山里躲起来。日本兵进到寨子后，又饿又渴，见到饭菜就吃，找到酒就喝，被毒死了很多。

日寇两次进入支丹山地区，均处处受敌，天天挨打，四面楚歌。有一天，有8个日本兵鞋子破了，用芭蕉叶包着脚来到吾帕寨对景颇族沙用、吴牙用等人告饶说："我们不敢杀人了，不敢抢人了，不要杀我们，给我们一点饭吃吧！"

神护关下燃烽火

原盏西地区神护关下到处燃起抗日烽火。

苏 典

日军占据勐戛的当天夜里,自卫队员王连庆、王明满、王明军、胡早富等人利用熟知的地形,从寨头、寨中、寨脚分别袭击零散日军,打一枪就换地方,击毙日军3人,恼羞成怒的日军连夜火烧民房。

一队日本兵从勐戛向苏典进发,走到苏典坝头弯路上,自卫队分队长余周国(大寨傈僳族,又叫娃过三、曹三)隐蔽在草丛中,用一支歪把五子枪打伤一个路过的日本兵。日本兵同伙开枪射击并追过来,曹三已经一溜烟地钻进山林跑了,日本兵在草丛中什么都没有找到。

苏典的三个傈僳族青年隐蔽在树林草丛中,用铜炮枪打死了一个日本兵。

怒吼槟榔江

1943年5月14日拂晓,驻腾日军分由新岐、勐蚌进入盏西地区至槟榔江边,分三路渡槟榔江侵占关上。参加抗击的100多人中,关上街青壮年40多人,李祖科的兵30多人,吴祖伯率领的国军30多人。

清晨,江面有些淡淡的雾,一路日军从浅水处涉水而来。日军在离对面江岸仅有10多米时,还没有发现江岸有什么动

静，自以为偷渡成功。正当心神放松时，突然，早已埋伏、等候多时的抗日武装100余人猛烈攻击，将走在前面的大部分日军打死打伤，尸体顺江而漂。另一股日军准备从关上渡口渡江，也受到猛烈射击，2名骑马的军官和6名士兵被当场打死。一股从离关上村不远的弄冒村头花水处（浅水处）强渡的日军，与吴祖伯部守军激战。吴部机枪手负伤后，自卫队撤至蛮巴山。此战共击毙日军 8 名，伤者无数。日军攻进关上村，烧毁李祖科住宅和 20 多间民房……

景颇族抗日游击队

抗战时期，一支有中共党员参加的前方宣传队请李家山山官李扎弄做向导开赴大慕文，受到山官大慕选父子的热情接待。李扎弄非常兴奋，认为舅舅太够意思了，就和排启仁一起喝了很多酒。可是第二天上午，又出意外。当挺进军宣传队拟任大慕文山官为"滇缅抗日挺进军第 × 纵队司令"时，大慕选的儿子排启仁很想出来打小日本，可大慕选却心存顾虑，婉言谢绝："我们的兵没有经过正规训练，武器装备太落后，没有多大战斗力。日本兵那样凶恶，打不过反而吃亏更大。"说什么也不答应。李扎弄气坏了，连早饭都没吃，就带着四五个景颇族小伙子离开大慕文，排启仁亲自挽留都未留下。

挺进军宣传队离开大慕文，山官大慕选则带着本寨 40 多户人家藏进槟榔江边的一片河谷——腾油坝。

宣传队继续在盏西一带发动群众，很快被日军包围在盏西的帮别、朗问等几个寨子。因为没有增援，宣传队孤军作战，英勇抗击，宁死不屈。李扎弄听到消息带着人赶到时，宣传队已经全部牺牲，李扎弄发誓报仇。

为了报仇，李扎弄杀了一头牛，连毛带皮割成二指宽的肉条，用叶子包好向扒欠、弄颇、普关、支东、崩董等地村寨的亲朋好友散发报警"信"。这是盈江县境景颇族以物通信的形式，请收到肉条的人，立即做好随时参加械斗的准备。

李扎弄在盏西一带的景颇族中很有威望，《德宏史志资料》第二十集就记载着新中国成立后排启仁生前赞赏李扎弄的话。

秀色槟榔江

李扎弄说:"每一寸土地都是阿公阿祖留下来的,决不能在我们眼前丢失。"李家山的景颇族山官是景颇族中最先进入盏西地区的山官之一。清道光三年(1823年),景颇族李氏祖辈歌突干,因赶马时常经过熊家山,喜欢此地,花了白银30两、海贝3驮以及镶有宝石的腰带84条购买了熊家山,并将熊家山改称李家山。

鲜花以联络,刀枪巧杀敌。景颇族抗日游击队,巧妙运用景颇族传统的以物代言的神奇通信方式,用树叶、鲜花联络抗日志士,传递信息,机智灵活地打击敌人。

他们从开始成立时的17人,不过半年便发展为50余人;从仅有8支步枪、7支火药枪和10多把长刀,很快变成掌握20多支步枪、10多支火药枪和30多把长刀的武装力量。他们得到各族人民的支持、配合,机智灵活地在槟榔江畔、大盈江两岸袭击敌人,打击敌人。由于战绩突出,国民党游击司令部委其为"抗日自卫独立中队",属游击司令部所辖,但经费却分文不给。

"哪里方便哪里吃,哪里恰好哪里睡。"景颇族抗日队的游击地区,北抵古浪、岗房,南及大盈江,东达怒江。在盏西小平原地区盈江边阻击日寇一役,尽歼强渡大盈江的日寇三筏(约100人),曾先后活捉7个敌人,在战争中打死、打伤敌人不计其数。

对这支以景颇族为主的抗日队伍,汉族、景颇族及其他各族人民时常主动给他们送麻草鞋、送情报、送粮食、送肉、送酒、送饭,坚持斗争达3年之久,队伍发展为200余人。

1946年,由于景颇族抗日游击队队长李扎弄被国民党借口曾与有共产党员参加的挺进军前方宣传队关系密切,而将这支队伍的枪支强行收缴,强令解散。

新中国成立后,李扎弄任德宏州、盈江县政协常务委员。1983年4月12日病逝于盏西。

景颇族抗日游击队队长李扎弄

艾思奇赴盈传奇

艾思奇（1910—1966），原名李生萱，腾冲和顺人，笔名先后有小吃、三木森、店小二、李东明等。

早年留学日本，"九一八"事变后回国，1934年发表《大众哲学》。1935年加入中国共产党，1937年到延安。1939年，毛泽东看到艾思奇所著《哲学与生活》一书时，亲笔抄摘若干段文字，又提笔给他写信。艾思奇先后任抗大主任教员、中央研究院文化思想研究室主任、中央文委秘书长、延安《解放日报》副总编辑，与何思敬一起主持延安新哲学会。新中国成立后，历任中国哲学学会副会长、中科院哲学社会科学部委员。当选为中共七大、八大代表，第一、二、三届全国人大代表。

1944年上半年，在中国远征军光复腾冲之前，艾思奇秘密从延安来到盈江，受命了解滇西抗战态势，调研"蜀身毒道"老路及保莲公路的相关情况，掌握其地附敌武装的思想状况，为全国范围内争取抗战的最后胜利及制定胜利后的战略方案做前期准备。

艾思奇赴盈江在当时属绝密，但后来被国民党知道，竟然使国民党云南省政府大为惊恐。据国民党"云南省政府训令"云："云南奸党首要李生萱（化名艾思奇，腾冲人）于三十三年曾潜赴该区（指德宏盈江一带）活动，故现实滇西边区情形复杂，实应趁早重视。希注意为要……"

更令人好奇的是，抗战胜利后，国民党云南省政府居然向国民党中央及云南省政府请求将今德宏一带划为特别区，或增设行政区，选派代表方克胜、刀承钺至昆请愿，此事，也与艾思奇赴盈一事相联系，"案准云南省警备司令部代电开"。

艾思奇秘密到盈江了解各方面的情况，直接上报中央领导之事，虽鲜为人知且富有传奇色彩，但却是事实。这不仅因为他本身的经历就充满传奇，而且他家与盈江有着千丝万缕的联系。其父李曰垓，光绪七年（1881年）出生于芒允，1930年到腾冲就任"云南第一殖边督办"之职，非常关注出生地，想方设法于1935年将芒允、铜壁关设置为"关允特区"，使其直属于第一殖边督办管辖，又于1937年将关允特区划归莲山设治局。对其担任云南第一殖边督办之职，《腾冲县志》赞之："治理边疆以威信为本，以德化之怀柔抚绥并用，各土司皆能听命，边陲稳定。"

为掌握敌武装的思想状态，艾思奇通过特殊的亲友渠道，在莲花山与思鸿升会面交谈。思鸿升对艾思奇的谈吐、举止、学识、风度敬佩之至。交谈之后，使思鸿升大有"与君一席话，胜学数十年"之感，开始改变他对国家与民族的命运和前途的看法。从思鸿升后来的一系列行动可以看到他的思想变化。1944年中国远征军光复腾冲时，思鸿升较好地完成了20集团军委派其征调两万包大米的军粮任务。1950年1月，中共滇西工作领导小组和"边纵"36团指派中共腾冲县工委书记赵鼎、工委委员彭铮秘密进入莲山，面见思鸿升，思鸿升表示愿"加入革命阵容"。赵、彭返腾后，2月7日，思鸿升又函呈36团，重申"加入革命阵容，借展生平夙愿"之志。1950年4月，梁、盈、莲土司应邀到梁河遮岛与中国人民解放军41师政委郑刚等谈判时，思鸿升第一个表明坚决跟共产党走的态度，最先明确欢迎解放军进驻和平解放主张。

新中国成立后，思鸿升历任莲山民族行政委员会主任委员、莲山县各民族联合政府县长、德宏自治区协商委员会副主任，德宏州副州长，云南省民族事务委员会副主任和省第一、二、三届人大代表。1969年7月21日逝世。

艾思奇赴盈江，重点了解抗日战争时期国民政府曾修筑、后因经费短缺和日军入侵缅甸而停工的保山至莲山公路的情况。从莲山返回腾冲的途中，艾思奇又设法在南甸与龚统政见面。不久，游击总队常绍群部由油松岭移住梁河大厂，龚统政即归附，被委任为南甸支队支队长。

艾思奇从盈江返回延安途经昆明时，被国民党云南省政府得知，于是找借口企图抓住他，在昆明大肆搜捕。据说，当时他看到情况不妙，灵机一动，就为一包烟，借故与路边的小商贩争吵起来，被抓进拘留所关起来。等三天后放出拘留所，全城大搜捕已经结束。听到这一传奇，让人不得不感叹："这的确是一个奇招啊！"

新中国成立 60 周年建成的盏西革命烈士陵园

槟榔江九十九道湾，道道记述着长眠在边疆的革命先烈，湾湾感叹着峥嵘岁月的腥风血雨，记述和感叹汇聚成万民之心：纪念长眠在边疆的革命先烈，颂扬彰显中华民族之伟大复兴！

落成典礼

2009 年 9 月 21 日，在中华人民共和国成立 60 周年之际，中共盈江县委、县人民政府在槟榔江边举行盏西革命烈士陵园落成典礼。中共中央原委员朗大忠说："我们在这里举行盏西革命烈士陵园落成典礼，它的意义在于缅怀革命先烈和教育后人。在此时此刻让我们对在解放盏西和保卫边疆的战斗中流血牺牲的烈士们致以崇高的敬意！"

中共盈江县委书记王明山在盏西革命烈士纪念碑落成仪式上的致辞："在热烈庆祝新中国成立 60 周年的重要时刻，我们在这里隆重集会，举行盏西革命烈士纪念碑的落成典礼……向

为解放盏西地区而英勇献身的 105 位革命烈士及革命烈士家属致以崇高的敬意；向为纪念碑设计建设付出了辛勤努力的有关部门和各界人士致以衷心的感谢……"

烈士陵园

　　盏西革命烈士纪念碑坐落在美丽的槟榔江畔，位于盈江县盏西镇白马塘盏西革命烈士陵园，占地 1.48 亩。纪念碑呈方形，碑身高 4.8 米，四周环有荷花青石栏杆，正面有台阶与陵园地面相通。纪念碑由上部碑心、下部碑心和碑座三个部分组成，上部碑心

高 4.2 米、宽 0.6 米；下部碑心高 0.6 米、宽 1.5 米；碑座尺寸为 6.3 米 ×6.3 米。上下碑心包括正面、背面和两个侧面，材料全部选用墨玉，并用花岗石镶边。上部碑心正面镌刻"盏西革命烈士纪念碑"，背面刻有"人民英雄永垂不朽"；下部碑心刻有记述历史和先烈姓名的碑文。

2009 年 8 月 21 日下午，参加中共德宏州委宣传部在州委一楼会议室召开的盏西革命烈士纪念碑建设工作会的省、州、县部分人员合影

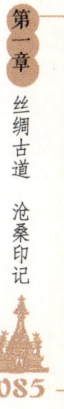

第一章 丝绸古道 沧桑印记

允燕佛塔

　　始建于1947年的允燕塔，是中缅佛教文化交流的结晶，是全国重点文物保护单位中仅有的2座南传佛教佛塔建筑之一，是云南西部的一座标志性建筑。

　　允燕塔位于盈江县平原镇政府东南约2千米的允燕山二台坡，东经97°57′，北纬24°42′，海拔857米，大盈江经允燕山山脚从东往南向西绕过。

　　允燕塔始建于1947年由盏达副宣抚使司思鸿升之弟媳线云宵女士等主持筹资建造，1955年2月完工。

　　允燕塔坐南朝北，方向偏东5°左右，属覆钵形金刚宝座式佛塔，具有典型的南传佛教建筑的重要特征，是由一座主塔和40座小塔组成的雄伟塔群。塔基由五台层叠加而成，底层呈正方形，底边宽4米、长19.3米、高1.1米。塔基为金刚宝座，塔座为束腰须弥座，五台层基座为白色，塔身为金黄色。主塔立于第五层八角须弥座之上，塔高19.5米，通高25米。底部是双层仰莲瓣，底径4.74米，高0.97米，底部边缘轮廓分明，通体曲线柔美，塔身筑2层浮雕图案；下层浮雕为俯身状7人，其南向1人，东北西向各2人，面目狰狞，双手下垂，与相邻俯身状者互持佛珠1串。手拉108个佛珠串的"七罗汉"，分别是虎、狮、白象、鼠、羊、龙、鹰之化身，还有一隐身黑象在塔下巡逻。上层呈三角形，鸡

心形刺绣浮雕图案，均饰火焰状花边。两层浮雕中间有一横线相隔。塔刹由相轮、宝瓶及金属宝伞构成，相轮9圈，直径由下而上逐圈递减，相轮上置一双层仰覆莲座聚宝瓶，莲座束腰部饰一串扁圆形连珠。宝伞骨架为铁质，外镶一圈铁环，环上系10条小龙和孔雀，伞衣为金属构件。宝伞周边悬挂风铃，伞顶端立一风标。

40座小塔总体造型与主塔相同，无小龙和孔雀。第一层28座小塔设于最底层总塔基平台上，通高4.5米，塔座呈正方形亭阁式，向外各开一个佛龛，内置佛像一尊。第二至四层，

❶❷ 允燕塔

允燕塔夜景

四角各设小塔一座，共 12 座，塔座均呈方形束腰须弥座，无佛龛，小塔尺寸自下而上递减。主塔和小塔宝伞周边共悬挂风铃 286 只，微风徐来，铃声悦耳，朝晖夕阴之下全塔金光闪烁，十分壮观。

塔北立"嘎朵"（缅语怪兽之意）一对，相似汉族地区的麒麟。

建塔时，用 29 万块略加火烧、似砖非砖的红土墼砌成，用石灰、白绵纸、牛皮胶、红土、红糖、食盐、埋利蒙（傣语，一种有黏性的树皮）、沙子和水等配制，舂浆灌刷。"文化大革命"期间遭严重破坏，塔基塔身遍体鳞伤，无人管理 16 年之久，塔身却不歪斜、不倒塌，这不能不说是一个奇迹。

允燕塔是中缅佛教文化交流的结晶，是全国重点文物保护单位中仅有的 2 座南传佛教佛塔建筑之一，是云南西部的一座标志性建筑。2006 年 5 月，被国务院公布为第六批全国重点文物保护单位。

"边纵"新春寻故地

> 1949年11月下旬，中国人民解放军滇桂黔西进部队十七团政工干部贾侣受副司令员朱家璧派遣到达腾冲之后，"民青"成员配合其绕道缅甸密支那，经过铜壁关，在芒允抗日武装的护送下进入被围困的太平街。同年12月6日，他成功策动莲山设治局局长刘常钰率部起义。47年后，贾侣寻访故地。

那是1996年的初春，佳节前夕。渐渐变暖的气候，犹如一位真诚的景颇族姑娘，携带着高黎贡山的祝福，向人们奉献出千万朵桃花。灿烂的阳光照耀下，大盈江江堤上密匝匝的竹林，多像英武的傣族小卜冒（小伙子），采集那天地间的灵气，潇洒地展现英姿。真是"风景这边独好"，催人奋进，也似乎在等待着什么人的到来。

"快去会议室，县委领导正找你。"果然，1996年2月12日下午，笔者刚返回县委大院时，党办副主任小杨急匆匆地说。

在盈江县委小会议室，经盈江县委常务副书记、党史领导小组组长杨荣林同志的介绍，笔者终于认识了久闻大名的老革命贾侣及其夫人。

一位年迈七旬的老人，饱经风霜的脸上，两眼放出炯炯的光芒，使人感到亲切，也感到一种力量。他就是阔别边疆四十多年，在盈江颇有传奇色彩的老革命贾侣。

贾侣者，贾铸贤也，现名贾文成，汉族，原籍云南腾冲。

1949年12月6日,莲山设治局起义纪念碑

1947年,在云南大学参加中国民主青年同盟(简称"民青")。1948年,经云南地下党派往游击区参加中国人民解放军滇桂黔边纵队。1949年11月,加入中国共产党。他曾先后任"边纵"三支队政治部政工队副队长、三支队司令部秘书、一支队(后编为西进部队)十七团政工队长等职。1949年11月,"边纵"副司令员朱家璧在龙陵派贾侣到腾冲做情报和联络工作。完成任务后,贾侣又在"民青"成员刘安昌等人协助下绕道密支那,经过铜壁关,在芒允抗日武装的护送下进入被围困的太平街,策动国民党莲山设治局局长刘常钰于1949年12月6日在太平街率众起义,对莲山地区的和平解放做出了贡献。之后,曾受总参派遣返回莲山做情报工作,并因成绩突出而受到总参通报表彰。然而,1954年他在原总参情报部昆明站时却被清除出党,其主要原因是其入党介绍人杨苏和王以中否认介绍过贾文成入党,并出具没有介绍过该人入党的书面证据。1981年10月,党组织派人去找到杨苏和王以中,请他们认真回忆是否介绍过贾侣入党,并提示当年"边纵"在腾冲地区的活动地点,还提示当年贾文成入党时还有朱家璧等人也在场,杨、王两人这才回忆起

❶ 老"边纵"贾侣（居中）及其夫人（左二）在芒允江边渡口

❷ 贾老夫妇（后排右二贾侣、后排左二贾侣夫人）于1996年新春回盈江时与盈江县委书记尹必久等同志合影

确实介绍过贾侣入党，并出具书面证明。1981年1月，中共昆明军区直属队委员会决定恢复贾侣的党籍。贾侣在"文化大革命"期间遭受严重冲击，党的十一届三中全会后重新工作，现已离休。其夫人寸爱竹，原莲山县委宣传部干事，此次亦同来寻访故地。

次日，按照盈江县委的安排，盈江县委办派出小车，笔者陪同贾老夫妇前往戛独、芒允、太平等地。

"盈江的变化真大！没想到变化得这样快、这样大。几十年前，我们革命就是为了使大家有饭吃，有衣穿，有工作做。今天这个愿望实现了，我可以瞑目了！"旧貌换新颜的巨大变化，使老革命感叹地接着说，"为了巩固伟大的成就，确实要加强反腐败的斗争。"

在戛独河边，贾老默默地站了一会儿，好像沉思什么，又用自带的摄影机留住了戛独河的景色。他指着旁边的一处岸边告诉笔者:"我当年就是从那里渡河绕道缅甸返回腾冲的。"在与铜壁关乡的党政领导交谈后,贾老为边疆少数民族干部的成长感到由衷的高兴。

在芒允江边渡口,贾老与芒允乡党委书记等人漫步江中竹桥,亲切交谈。贾老还去看望了新中国成立初期积极为党工作的骨干,记下其困难。

在太平乡党委会议室,贾老对太平街的老人们说:"今天,我来看望太平街的乡亲们!乡亲们没有忘记我,仍然记着我,我很感动。"会面传来时,太平乡党委为贾老和太平街的老人们摄影留念。盈江县委书记尹必久等同志也与贾

老夫妇合影，留下了珍贵的资料。

　　晚餐时，盈江县委副书记杨荣林对贾老夫妇说："老革命从千里之外回到盈江，是对我们的关怀！革命前辈艰苦创业的革命精神，将永远鼓舞我们前进。祝老前辈身体健康，万事如意！"

❶ 欢腾泼水节
❷ 渡口的早晨

在改革开放中崛起的"边关系列丛书"

书刊，往往是一个地方文化的窗口和观测点。新中国成立以来，特别是改革开放以来，边关故地迎来本土文化崛起的春天。

从综合性刊物《今古盈江》的创办到《话说盈江》的延续，从《边关巨变》的成功出版到"三结合"的成果——"黎明三部曲"的展现，标示着"边关系列丛书"的形成与发展。随之，建党90周年献礼书——《边关英烈》与十八大献礼书《边关大道（二）——盈江之桥纪实》、全国第一本抗震救灾散文集《边关情怀》以及刀安仁辛亥腾越纪实——《滇省首义录》、纪念全民族抗战爆发八十周年的《边关丰碑》等书的相继出版与《话说盈江》的连续发行，别具一格的盈江现代书刊——"边关系列丛书"，已经初步形成红色文化、抗战文化、抗灾文化、研讨文化和地情文化……

从"今古"到"话说"

"今古"，特指县史志办创办的综合性刊物《今古盈江》，"话说"特指盈江县政府办创办刊物的《话说盈江》。

《今古盈江》的创办

1997年1月，盈江县机构改革。1986年成立的县委党史征研室与1984年成立的县志办合并为盈江县党史办、县志办办公室，简称"史志办"，笔者担任合并后的第一任主任。于是，怎样才能充分发挥史志人才的优势，成为笔者开始思索的主要问题。

盈江县第一种综合性刊物《今古盈江》

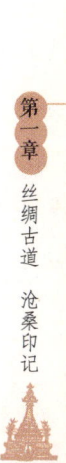

到书堆里考察 1997年6月,笔者到芒市办理出版《中共盈江县党史资料选编》第二辑相关事宜时,对主持德宏州史志办工作的州史志编纂委员会副主任说:"大哥大,我想去考察,你不关心一下?"大哥大茂云兄长反问笔者:"你想去哪里考察?需要怎么帮你?""我想去你们图书室的书堆里考察!"大哥大听后大笑说:"我现在就关心你!"当即叫人打开图书室,说保证让笔者看个够。

看了两天,翻阅云南全省各州、市、县史志部门出版的刊物,产生了想创办一个盈江刊物的想法。于是向州史志办的新老领导做了汇报,并向他们征求刊物名称。那几天,笔者与州史志办的领导和几位业务骨干经常在一起争论刊物的名字。有时候争得面红耳赤,你批驳我,我反驳你。前前后后争论了十多个名字,各有特色,但都不完善。后来,州史志办的老主任吴志湘叔叔综合各方面的意见,提议定名为《今古盈江》,大家一致赞成。

下定背水一战的决心 创办本地的第一种综合性刊物并非易事。之前,要创办一个盈江本地综合性刊物的设想和议论,从20世纪80年代开始,就已经在盈江的部分文化人中议论了十多年,但始终停留在议论阶段,还没有付诸行动。

笔者高中毕业下乡插队落户、接受贫下中农再教育后，最先获得的是中专文凭，体育专业，后来通过自学考试取得大专文凭，党政专业，又经过函授得到的本科文凭是经济管理，没有一个文凭是凭学习写作得到的。更重要的是，进入史志行业之前，多年来没有写过文章，像豆腐块大小的文章都没有发表过一篇，能行吗？那时笔者没有把握，只是有些担心。但不管怎样，既然认定，就要干好，下定了背水一战的决心。

从芒市回到单位后，笔者立即召开县史志办主任、副主任和党支部委员参加的会议，专题研究创办刊物的事。我把创办刊物的计划进行口头汇报后，为人真诚的盈江县委副书记、县长克明亮热情地对笔者说："干工作就是要勇于开拓，有什么困难尽管来找我！"克县长言而有信，帮助我们解决了很多工作中的困难。

为了扩大影响，是年8月中旬，《今古盈江》编辑部在《德宏团结报》连续刊登3期"征稿启事"，引起各界人士的关注。很多人都为要创办本地刊物而由衷高兴，当然也有少数人准备看笑话，看笔者怎么收场。

迈出可喜的一步　"恰天时地利，盛世人和；颂今古盈江，万象风光。当此世纪之交，普天同庆我国恢复对香港行使主权之际，为使更多的人认识盈江，了解历史，服务现实……以马克思列宁主义、毛泽东思想、建设有中国特色的社会主义为指导，弘扬民族文化和爱国主义、共产主义精神，广征博采挖掘史料，把历史与现实中精彩的每一瞬间存史资政……在像大盈江一样奔流不息的历史长河中，今天是昨天的继续，又是通向明天的起点，为把历史与现实有机结合起来……在社会主义精神文明建设的百花园中，本刊毕竟是一株刚出土的幼苗，渴望着园丁的培育……" 1997年8月26日，《今古盈江》创刊号问世。

其封面是一条清澈见底的弯弯的江水，穿过郁郁葱葱的坝子，几只小鸟在天空自由飞翔，画面右上角是新魏体书写的《今古盈江》刊名，下方是一条古色古香、绘有圆宝顶图案的彩带，彩带左上方标明期刊号。

那一天，全州、市、县长会议在德宏芒市宾馆举行，盈江县县长克明亮向出席会议的领导及有关人员赠送《今古盈江》创刊号。

《今古盈江》问世后，很快得到各级领导和有识之士的好评与关心。

时任德宏州人大常委会副主任曹大忠阅读创刊号后，一气呵成《〈愿今古盈江〉奔流不息》一文："在深受感动之余所想到的是：对那些不畏艰难的开拓者呐喊助威也是很有必要的。"

1998年4月，盈江地区的传奇人物贾侣来信说："看到由你主编的《中共盈江县党史资料选编》第二辑和创办的《今古盈江》，使我深为感动……说明了你们具有远见卓识的思想境界，为党为祖国为人民的事业而献身的崇高理想情操和脚踏实地、艰苦奋斗、努力拼搏的精神。你们的这种思想境界、理想情操和脚踏实地、艰苦奋斗、拼搏精神，使我们老同志不能不感到钦佩和由衷的欣慰。因为实事求是地说，这样的思想境界、理想情操和拼搏精神，正是我们党的光荣传统。"

许多不知名的读者也主动来信表达自己的心声和看法。

2000年2月26日，在中共盈江县委八届四次全委（扩大）会议上，县委领导在报告中明确指出："县自办刊物《今古盈江》，受到群众的欢迎和好评。"

据《云南政报》2003年第23期记载和《云南史志》2003年第5期记载，《今古盈江》受到云南省政府领导的高度评价。

刊物创刊后，成为盈江地区的第一种综合性刊物，至2005年5月笔者调离县史志办时，已经成功出版18期，成为全州各市县和全州史志系统唯一的跨世纪刊物。

《话说盈江》的延续

2006年4月工作之余，在盈江县政府办公室和几个朋友的支持鼓励下，笔者又创办了《话说盈江》。

其发刊词大致为：边关神奇今何在，请君话说盈江来。人

县境第二种综合性刊物《话说盈江》

杰之乡又地灵，美丽富饶更风采。从（69年）哀牢县衙的设立到明万历二十二年（1594年）神护、万仞、巨石、铜壁等"上四关"的修筑，从明代土司制度的形成到20世纪50年代各族民众当家作主始设盈江、莲山两县，从1958年两县合并为今盈江县到文化科技大楼竣工，我们的盈江从遥远的过去走来，正阔步迈向新千年新世纪"以人为本　和谐发展"的新时代……饱赏凯邦亚湖人造美景的榕树王深情注视，大娘山轻拂支那云海，接到狮子山从白马塘发来的信息，当然使阴阳而立的虎跳石感慨万千：上应天时兮，喜迎中华民族之伟大复兴；下降甘露兮，滋润九州大地之万物竞春；中顺民意兮，体谅百姓疾苦之务实求真！

《话说盈江》创刊后，立即得到社会各界的支持与好评，盈江县委主要领导先后三次找笔者谈话，要笔者把主要精力用在办好刊物方面。同时，盈江县委、县政府为汇聚全县各方力量共同办好刊物，出版精品，于2007年2月下发《中共盈江县委办公室、盈江县人民政府办公室关于成立盈江县〈话说盈江〉编委会的通知》，任命了编

委会主任、副主任、成员及编辑部的主编、副主编。

之后，在很多盈江人看来，《今古盈江》是《话说盈江》的前期，《话说盈江》是《今古盈江》的发展，笔者完全认同这样的说法。笔者在《话说盈江》创刊号的发刊词中就说过："本刊虽积累主编18期《今古盈江》、"边关四书"与党史、组织史资料等系列丛书的经历与教训，然才疏学浅欠缺颇多，犹如刚出土的幼苗，渴望着园丁的培育滋润，期待着有识之士的点拨指教！"

此后直至2015年，编委会主任由历任盈江县委书记杨赛光、王明山、陶继清等人担任，先后担任县委副书记、县长的俄吞、卫岗均担任过编委会常务副主任。2015年8月后，编委会主任改由盈江县委常委、县委宣传部部长担任，盈江县党政领导担任名誉顾问、顾问。编辑部一直设在政府办，实行主编负责制。2017年出版总第32期后，编辑部的工作由盈江县委宣传部接手。

《话说盈江》连续记述和反映了2008年至2014年3次强烈地震的突然袭击及与之进行的英勇搏斗；记述了2009年4月、2011年11月、2016年10月成功举办的三届刀安仁革命思想学术研讨会；按照习近平总书记"让历史说话，用史实发言"的指示，在2015年抗战胜利70周年之际，成功动员各方力量，及时出版纪念抗战胜利70周年专辑；记述了2013年5月盈江县庆祝德宏州建州60周年暨云南省民族工作队赴盈60周年系列活动的重要内容。

2015年8月出版"纪念中国人民抗日战争暨世界反法西斯战争胜利70周年"的《话说盈江》专辑

《边关巨变》的成功出版

2000年4月,阳光灿烂,百花盛开,生机盎然,由中共盈江县委、盈江县人民政府编,德宏民族出版社出版发行的《边关巨变——盈江改革开放20周年征文选》(以下简称《边关巨变》)成功出版,向德宏傣族景颇族自治州暨盈江县解放50周年庆祝活动献上了一份厚礼!

《边关巨变》一书,由时任中共中央候补委员、中共德宏州委副书记、德宏州州长管国忠和中共德宏州委原副书记张彭健题词,中共盈江县委书记汪宝泉作序。

全书共收录了61篇文章,24幅彩色图片,300余千字,为大32开精装本。从政治、经济、文化、社会等各个方面真实地记叙了盈江解放以来,特别是1978年党的十一届三中全会召开以来的变化和发展,总结了各行各业的实践经验,正视了存在的问题和当前面临的困难,是一部讴歌新时代的代表力作。

首发式拉开盈江欢庆解放50周年活动的序幕

2000年4月20日,德宏州委、州政府在潞西市小礼堂举行德宏州解放50周年纪念大会,《边关巨变》一书和《今古盈江》2000年第1期在大会主席台每个座位案前各摆放一套,并在会议报到处向有关领导和盈江老同志送发。许多老同志称赞盈江"向德宏解放50周年献了一份厚礼"!

2000年5月16日上午,中共盈江县委、县人民政府在县委二楼会议室隆重召开了《边关巨变》首发式座谈会,拉开了全县各族人民欢庆盈江解放50周年活动的序幕。次日,盈江县委、县人民政府在县委小礼堂举行隆重的盈江县解放50周年纪念大会。

少先队员致辞后,中共中央原委员朗大忠同志掷地有声地说:"再多的我已讲不出什么了,因为你们盈江县出版的《边关巨变》这本好书已写在里面了。书的内容非常全面、详细,请同志们认真地看看这本好书。"中共德宏州委原副书记张彭健也在讲话中高度评价了《边关巨变》。

征编过程中新老领导的关怀

1998年12月中旬，笔者召开盈江县党史办、县志办办公室全体人员会议，提出为纪念党的十一届三中全会召开20周年而征编《边关巨变》一书的设想，全体人员一致赞成并集思广益地共同修改方案。笔者和荣副主任向盈江县委、县政府主要领导和分管史志工作的领导汇报后，盈江县委、县政府决定在县委常委会议室召开史志工作座谈会。

1998年12月18日，是党的十一届三中全会召开20周年纪念日，在这天召开座谈会具有特别重要的意义。座谈会开始之前，印发了《边关巨变》的征编方案，展出了盈江县史志书籍。会上，笔者对《边关巨变》一书的主体思路、框架结构、编撰方案等做了详细汇报。盈江县委书记汪宝泉、县人大常委会主任明腊令、县政协主席余正来、县纪委书记何方等领导对征编《边关巨变》一书表示赞赏和支持。德宏州史志办副主任、《德宏年鉴》主编张建章同志对盈江县委、县政府决定编撰《边关巨变》一书的举措十分赞赏，并就征编过程中的有关问题和注意事项提出了很好的意见和建议。盈江县副县长谭新贵在题为"真抓实干，迈步走向新世纪"的讲话中，对征编《边关巨变》一书做了具体的安排部署。

1999年5月30日，中共德宏州委原副书记张彭健同志寄来了亲笔信，勉励编者努力工作。

中共盈江县委书记汪宝泉在多次听取汇报后，鼓励说："搞文字很辛苦，你们多费心了。"德宏州史志办原主任吴志湘带病改稿，精心传授；曾主持过工作的中共盈江县委原副书记苏文荣同志，赶写出25页信笺的修改意见；盈江县委党史办原领导闵鸿飞同志，盈江县志办原领导李应权、陈绍汤等亦认真修改，精心指导。

审稿中，笔者和同事们提出：只要发现文稿的错误与问题，哪怕是一小点，都是我们取得的成绩。就在这一口号的激励下，每一个人都兢兢业业地工作，认真推敲文字，精心校对文稿。

《边关巨变》的护封将榕树王彩照做淡化处理，覆盖整个封面和封底，雄伟壮观、清晰明亮的拉户练大桥彩照置于封面中间，"边关巨变"几个烫金字置于拉户练大桥图片正上方。编者这样设计是取"高山得水"之意：因为榕树王是傣族、景颇族看重的神树，又在明代古关铜壁关附近，既充满神奇，又浩渺壮观；而大桥流水，一泻千里，象征盈江改革开放的事业如鱼得水，奔腾向前，川流不息。

县委书记写的序言情真意切

汪宝泉书记在序言中情真意切地写道："人类纪元进入千禧之年，盈江县25万各族人民迎来了解放50周年纪念……中国共产党十一届三中全会后，盈江县各族人民迎来了改革开放的春天。人们观念更新，思想解放，促进了全县的经济大发展、社会大进步和各民族的大团结。那些靠酸炸菜、野菜充饥的群众实现了温饱，逐步走上富裕；那些靠松明、火塘照明的山寨，挂上了夜明珠似的电灯；那些靠刻木、结绳记事的文化死角，有了本民族的大学生、专业技术人员、教师和企业家。昔日的洋伞河坝变成了全州知名旅游景点和最大的水利水电枢纽凯邦亚；过去洪水、泥沙肆虐的大江两岸，如今是阡陌良田、绿波荡漾；往日尘土飞扬、杂草丛生的县城小镇，现在高楼林立，面积达6平方千米，并步入乙级卫生城市行列。荒山野岭上，电冶工厂拔地而起；四通八达的公路，把边疆和内地连接；纵横交错的程控电话，无形覆盖的移动通信和无线寻呼缩短了边陲与北京、与世界的距离。人们通过广播、电视接收现代文明的信息，目睹精彩的世界。封闭落后的边疆民族地区变成了对外开放的口岸，一派繁荣兴旺景象……在此，我代表中共盈江县委、县人民政府向撰写、编辑人员和各位关心、支持文集编辑、出版的老领导和同志们表示诚挚的敬意和衷心的感谢……我们站在世纪之交的分

盈江县庆祝德宏建州60周年暨省民族工作队进驻盈江60周年纪念大会

界线上回眸50年,过去的辉煌已经成为昨天,展望未来,任重而道远。我们切不可因昨天的硕果累累而沾沾自喜,裹足不前……"

众多文章入选

2002年10月,《边关巨变》副主编钟学贵发表在《今古盈江》总12期的《〈边关巨变〉名扬省内外》一文,真实记录了《边关巨变》众多文章入选的事实。

被《新华文摘》编辑委员会选中的有《全面落实党的统一战线政策》等25篇。被大型文献专著《西部大开发——崛起的中华与时代共舞》一书选中的有《党的组织建设》等29

第一章 丝绸古道 沧桑印记

篇。2002年5月由重庆出版社出版的大型文献专著《奔向二十一世纪》收录了《边关巨变》一书中的《党的组织建设》（标题改为《边关故地党的组织建设》）等4篇。

因此，钟副主编认为，众多文章"入选"，毕竟是一件幸事。说明这些文章的题材适应形势，观点明晰，论述严谨，具有较高的研读和推广价值。同时，也反映了文章撰稿者和责编具有较高的写作技巧、文字功底和编辑水平。

"三结合"成果——盈江"黎明三部曲"

盈江"黎明三部曲"，是众多离退休老领导、老同志对反映老一辈共产党人开创边疆各民族新时代战斗历程的纪实文集——《边关往事》《边关征程》《边关岁月》，是老一辈共产党人与时任党政领导及编者"三结合"的成果，是集体智慧的结晶，是精神文明建设的成果，得到了社会广泛的认可与好评。

第一个"三结合"的成果——《边关往事》

"谨以此书献给中国共产党成立80周年"，是《边关往事——盈江解放50周年纪念文集》的卷首语，此书，被许多盈江老同志誉为盈江"黎明三部曲"的第一本书。

《今古盈江》的创办及其连续出版，得到社会的赞赏。凭借《边关巨变》成功出版的东风，我们的工作得到社会各界的大力支持，也得到了许多老一辈共产党人的关心、理解和支持。在党和政府的领导下，在省、州、县离退休老领导的支持下，我们又顺利地征编出版了《边关往事——盈江解放50周年纪念文集》。

《边关往事》收录了36位省、州、县离退休老干部及6位在职人员的文章，共48篇，并附有珍贵的历史黑白照片51幅。它真实地记录了盈江地区解放50年来发生的翻天覆地的变化与发展，讴歌并展示了二十世纪五六十年代老一辈共产党人开辟盈江、莲山及盏西等地和清匪反特、民主建政、和平协商土地改革、直接过渡、合作化运动等走过的艰难岁月及改革开放新时期以来取得的巨大成就，是一部缅怀老一辈开创盈江地区各民族新时代的纪实之作。

我们怎能忘记，1953年5月，云南省民族工作队第三大队奔赴梁河县原盈江县、莲山县及盏西地区加强工作；1953年7月23日，德宏傣族景颇族自治区（州）成立，为边疆各族人民开创了一个新时代。

我们岂能忘怀，老一辈共产党人在尖锐、复杂的阶级斗争中，以不怕苦、不怕死的大无畏共产主义精神，在公路不通、交通困难、瘟疫流行、盗匪猖獗、气候恶劣的历史条件下，身背枪弹行李，跋山涉水，上山下乡，和群众同吃、同住、同劳动；宣传贯彻党的民族政策、统战政策，紧紧依靠各族人民群众，开展清匪肃特，团结生产，培养民族干部，进行民主建政；顺利地完成了和平协商土地改革与直接过渡，废除了封建领主制度和山官制度，开展了互助合作运动，在整个边疆民族地区建立了社会主义制度，使边疆民族地区发生了历史性的变化。

我们岂能忘怀，老一辈呕心沥血，艰苦奋斗，献出了青春年华和毕生心血，为边疆的巨变奠定了坚实的基础。我们要学习老一辈的革命精神，借鉴老一辈的工作经验。20世纪50年代初期和中期，是边疆民族工作的黄金时期，成为云南全省边疆民族工作出政策、出经验的地区。其经验，是非常宝贵的财富，在今天仍然具有一定的指导意义。我们要学习老一辈坚定的共产主义信念，只有了解老一辈昨天在边疆的艰苦创业，才能更加坚定我们今天开拓进取的信心，才能在21世纪中华民族的伟大复兴中再铸辉煌。"饮水思源""吃水不忘挖井人"，是我们中华民族的传统美德。

我们不会忘记，是老一辈共产党人开创了边疆各民族的新时代；我们不会忘记，是老一辈共产党人奠定了今天繁荣昌盛的基础！更使我们敬佩的是，许多老领导、老共产党员凭着坚定的共产主义信念，至今仍然发挥着余热，关怀着边疆经济发展与社会进步，多么明确的初心，多么执着的精神！

时任中共中央候补委员、中共德宏州委副书记、州长管国忠为该书撰写前言。管国忠于2002年春所作前言，令人难忘，他说："很多人说：'中国的版图形状像一只雄鸡。'毋须借助放大镜，我们可以看出，有着4316.97平方千米面积的盈江县大致处于雄鸡的'脚窝'位置。虽然与'胸脯'无法相提并论，却也无愧于'丰腴'的定义；虽然距离'心脏'远了点，却是整体中不可分割的组成部分。世世代代在这块热土上繁衍生息的傣族、景颇族、德昂族、傈僳族以及其他23种少数民族，一刻也没有离开过祖国母亲的怀抱！那些行进在南方古丝绸之路上的马帮铃声，那些至今尚依稀可辨的'巨石''万仞''神护''铜壁'4关遗址，那些为维护祖国领土完整与英、日帝国主义的侵略做不屈抗争的每一个悲壮故事……不就是中华民族五千年文明史这部交响乐中的一个个音符吗？'一唱雄鸡天下白'，毛泽东的庄严宣告和开国大典的礼炮声过后7个月，处于原始社会末期和封建社会萌芽阶段的'土著居民'一步登天，和新中国一道直接进入社会主义，实现了社会形态演变过程的历史性跃迁。然而，社会形态的跨越与经济发展阶段的'卡夫丁峡谷'现象形成的反差，毕竟不以人们的意志为转移，客观地摆到了领导者们的案头。于是，就发生了'原始鬼神宗教'与破除迷信的较量，就发生了刻木和结绳记事与学习先进文化的激荡，就发生了刀耕火种与向科技要生产力的摩擦和痛苦转换，发生了陈规陋习与文明进步甚至与法制的冲撞……这些摩擦、碰撞和较量，有的通过和风细雨式的教育和引导得以愉快解决，有的却付出了血的代价。领导者的决策与其所'施认'的对象之间是需要这些人去连接的。'这些人'就是我们的党员和干部。正是'这些人'的默默奉献构成了《边关往事——盈江解放50周年纪念文集》中的一个个有血有肉的生动事迹，使我们党各个历史时期的阶段性中心工作得以顺利推进，使中国共产党始终成为先进生产力、先进文化前进方向和最广大人民群众根本利益的忠实代表……我们希望，同时也相信，曾经为盈江的发展做出了贡献的老同志以他们亲身经历所著的《边关往事》，将为后来人更好地推动盈江的文明和进步提供有益的经验。"

书的开头，还有2000年8月26日以"春刚谨呈"署名的一首小诗——《真诚的敬意》。诗曰："每当我们想起您，50年代老前辈，总好似看见了一部永远奔驰的拖拉机；将全部的心血，辛勤耕耘数十年，对边关的每一寸国土，您总是那样亲昵！赤诚的爱，火热的心，化为巨大的力量，融进您深深的足迹，无私奉献给大地；隆隆机声，仿佛您当年的宣誓：扎根边疆，奋斗不息，为了共产主义！在迈进新千年的时刻，为了党的事业您已离退休，在各族人民的心中，又增添一层敬意。"

第二个"三结合"的成果——《边关征程》

《边关征程——纪念建州暨省民族工作队赴盈50周年》是德宏州盈江县离退休老领导及盈江老协的老一辈共产党人倡导并组织，得到中共盈江县委、县人民政府支持，并指定、责成由笔者具体负责实施的"三结合"成果。

2003年3月，德宏州委原老领导张彭健、杨存礼专程赴盈江与20世纪50年代在盈江县开辟工作的老友们商议征集出版一本书，以纪念德宏建州暨云南省民族工作队开赴盈江50周年。同年7月3日，张彭健、杨存礼再次赶赴盈江商议，提出了征编出版纪念一书的初步方案，并明确提出希望由笔者担任主编并负责具体的征编工作。此时距举行纪念活动的时间只有3个多月，收到的稿子也只有10余篇，要在短时间内完成征稿、改稿、编辑、送审到打印、校对、出书等多项具体工作，其难度是显而易见的。明知时间紧、任务重、经费少、困难大，但为弘扬党的优良传统和作风，怀着对老一辈共产党人的敬仰之情，笔者义无反顾、责无旁贷地接受了必须在"1953年前在盈江工作的老同志聚会"之前出版此书的艰巨任务。

接着，笔者与老领导们又一起研究征稿的问题。讲到"文化大革命"前的一位老县长，说他必须有稿子，但多数人都认为他的文化水平低些，独立完成稿件有困难，要找人去帮他。刀安成叔叔说，叫史志办派人去。笔者当场就说："按现在的时间算，史志办忙不过来。"张彭健、杨存礼两位叔叔也表态说："史志办真的忙，怎么还要叫他们？县老协派人去。"刀安成叔叔当场就安排了两位老协理事去帮助老县长。张彭健、杨存礼两位叔叔最后对大家布置了一个任务："这本书的书名叫什么，每一个人都要想一个名提出来报给陈春刚，由他定。"

盈江县委领导叫笔者一起陪老领导们用晚餐，晚餐时笔者说："各位长辈把编书、出书的任务交给我，是对我的信任和鼓励，但时间这样短，我的手心是一把汗啊！"后来得知，当时很多人也都捏着一把汗！次日，笔者向盈江县委、县政府领导汇报了该书征编出版的初步方案，得到理解和支持。

由于撰稿的同志都是年事已高的老同志，所征集的稿件绝大部分都必须动"大手术"，只有认真修改才能刊用，还有少部分的只能由编辑人员进行重写。这些情况无疑给编辑工作增添了不少困难。为了保证质量，也为了争取时间，只好采取超常规的运作方法，大部分稿件均由笔者直接编。

那些天，很多老前辈都按照老领导的安排，冥思苦想这本书究竟叫个什么名，把他们想到的都来告诉笔者。笔者也想了五六个，都觉得不妥。7月下旬的一天，刀安成叔叔来到笔者办公室，讲起书名的事，跟着笔者一起推敲。笔者突发奇想地说："我们出的书第一本叫《边关巨变》，第二本叫《边关往事》，这是第三本，叫征程吗？"刀叔叔一听就说："对，就叫《边关征程》！"书名一传开，大家都一致赞成。

8月初，笔者与同事许元国去芒市向老领导们汇报《边关征程》的征编情况。听了我们的汇报，老领导们很满意。杨叔叔指着他拿来的一张合影上紧靠着刀京版的那个人问张叔叔："你说，这个人是谁？"张叔叔想了一下摇摇头，又问吴叔叔，吴叔叔也说想不起。虽不确定照片上的人，但还是当场决定把这张照片用在封面上。几年后，笔者反复考证得知：那张用在《边关征程》封面上紧靠着刀京版的那个人，是解放军122团团长王守智。

征编过程中，两个小插曲记忆犹新。

第一个小插曲是交稿的事。那是规定交稿时间最后一天晚上10点多钟，突然接到正担任芒市公安局局长的同学的电话，他说要开车送他父亲来找笔者交稿。他父亲在盏西开展过工作，先后担任过盈江县委组织部、县文教局、县总工会的领导，每次见到他都感到很亲切，笔者在盈江县体委开展职工体育活动的时候经常与他接触。"徐叔叔上了年纪，又坐了这么长时间的车，太累了，身体怎么受得了？"这样想着，笔者便在电话里说："10点多了！当务之急，是把徐叔叔的住宿安排好，让他休息好！交稿的事，明早再办。"笔者的同学说："你能这样说，就太好了！我也是担心他太累。叫他今晚好好休息，明早再交稿也来得及。可是我爸说，一定要照老领导张彭健、杨存礼说的时间交。老同学，我现在把电话递给他，你帮我劝说一下。"笔者直接和徐叔叔通话后，他才同意第二天一早来交稿。这件事，一是使笔者深感老一辈的时间观念强，二是使笔者深感盈江老领导张彭健、杨存礼在老一辈中的威望。

第二个小插曲也是与交稿有关的事。规定交稿的时间都快过去20天了，还有一位老者来交稿，实在没有办法，我只好说:"时间太紧,来不及审改、编辑了,只能拒稿"可那位老者越想越生气,说笔者乱搞,还跑到芒市找老领导告状。那位老者找到曾主持盈江县委工作的苏文荣说:"陈春刚乱搞!"苏叔叔说:"你说说,陈春刚怎么乱搞!"那位老者把他来找笔者的情况如实地说了一遍之后,苏叔叔又再问了一遍他来交稿的具体时间,就很严肃地批评了那位老者,说:"陈春刚没有乱搞,他做得对!都到了这个时间了,如果再继续收下你送去的稿件,再继续编辑的话,那么,到了规定出书的时间怎么可能出书呢?如果到了规定的时间出不了书,这个责任哪个来负?"之后,苏叔叔还特意跟笔者说明情况:"我已经批评过他了,你坚持原则是对的。老同志一下子想不通,可能会说几句不恰当的话,不要当回事,他自己也会慢慢想通的。"这件事,使笔者领悟了老一辈的大局观和正直的含义。

9月28日,《边关征程》运抵盈江,比规定的时间提前10多天,圆满完成任务。

10月13日下午,应邀参加聚会的人员陆续报到,大会服务人员向他们赠送了纪念文集《边关征程》。许多老同志当场就急切地翻阅,交口称赞这是一本好书,是体现老一辈革命精神的好教材。

曾任盈江县委副书记、县长、县人大常委会主任的刀安成激动地说:"很多解放初期到边疆工作的老同志看到《边关征程》一书很激动,有的流了泪,有的说我们死也瞑目了。"

第三个"三结合"的成果——《边关岁月》

正当神州大地举国上下认真贯彻落实党的十八大精神的开局之年时,我们迎来了德宏傣族景颇族自治州建州暨云南省民族工作队进驻梁、盈、莲60周年。

2013年1月28日,接到老领导们点名要笔者在2013年5月15日之前征编出版一本纪念德宏建州暨云南省民族工作队赴盈60周年纪念文集的任务时,一个字都还没有收到。

一位盈江县委领导对笔者说，2012年下半年，省、州、县老领导朗大忠、张彭健、杨存礼、丁纯先、苏文荣等人首先倡导、发起，并明确提出要在2013年5月10日之前征编出版一本纪念德宏建州暨云南省民族工作队赴盈60周年纪念文集，德宏州委领导也签字要盈江大力支持他们，但盈江县委有的领导认为：一是已经出版过《边关往事》《边关征程》，老一辈珍藏在心底的回忆录也"挖掘"得差不多了，这是最主要的；二是时间太紧，征编难度大，所以准备拒绝征编，如果笔者也同意他们的看法，想叫笔者同他们一起去向老领导们汇报情况。当时笔者也认为盈江县委部分领导的看法很有道理，但想到士为知己者用的古训，让笔者不假思索地说："既然这几位老领导已经明确态度，就应当干，再大的困难我也干！"那位县委领导被笔者说服，说："既然你不怕冒险，要干，我们也同意！你就干干看吧。"

出版界有的专家听说此事后，也认为这"几乎是不可能的事"，力劝笔者再认真考虑考虑。

怀着对老一辈的崇敬之情，笔者不管什么冒险不冒险了，立即全身心地投入征编工作。

当然，要在这么短的时间内圆满完成征编并出版此书的任务，笔者当然知道其中的困难肯定很多、很大。如果没有盈江县老协，没有盈江县农业学会芒市分会及许多志趣相投的友人们的鼎力相助，那根本是不可能的！

次日，也就是1月29日，盈江县老协庄和坤、杨希廷等在老协会议室召开会议，发动、布置征稿事宜，强调2月底之前必须交稿。笔者也应邀参加。

2月初，盈江县委书记王明山，县委常委、县委组织部部长李漾湖到芒市看望部分老领导，商议事宜。

3月7日，老领导杨存礼来到盈江。县委副书记、县长卫岗，县委常委、县委组织部部长李漾湖，盈江县政府副调研员

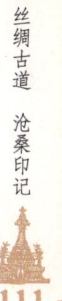

陈春刚，县委老干部局局长岳文俊，县民宗局局长姜加刘等同志，与德宏州县老领导老同志杨存礼、尹必久、万学春、杨荣林、庄和坤、杨希廷共同研究、商讨了纪念活动与出版《边关岁月》一书的具体事项。

征编过程中，有幸得到杨存礼、张立范、曹大忠、陈绍汤、徐在林、赵国伦、张儒义、董秀英等老一辈提供的历史照片。

3月20日，打印出送审稿，呈报老领导朗大忠、张彭健、杨存礼、丁纯先、苏文荣；呈报盈江县委书记王明山，县委副书记县长卫岗，县委常委、县委组织部部长李漾湖；呈报《盈江县志》副主编陈绍汤，并将稿件送发各位撰稿者。

"继承前辈优良传统，建设美丽富饶新盈江！"这是时任中共盈江县委书记王明山的题词。

时任中共盈江县委副书记、县人民政府县长卫岗所撰序言写得很好，他写道："《边关岁月》一书即将付梓，恰值德宏建州暨省民族工作队赴盈江60周年之际，以书献礼，谨以纪念祖国西南边陲那段激情燃烧、荡气回肠的峥嵘岁月，更具特殊之意义……60年前的盈江，是一个既美丽又满目疮痍、贫困落后的边境县，少数民族众多，民族关系错综复杂，经济社会发展极不平衡。在这异常复杂的情况下，民族工作队员们克服种种困难，在祖国的西南边陲，勤勤恳恳为各族人民服务，为促进民族团结、建设边疆和巩固边防奉献了青春……大盈江滚滚向西，以磅礴气势奔流入海。60年来许多人、许多事，风起云涌，一个时代就这样随着滚滚江水翻涌而去。回首那段跌宕起伏的边关岁月，面对盈江发展进程中这一意气风发、波澜壮阔的辉煌诗篇，我们悉心聆听一个个亲历者、奉献者的传奇故事，把珍藏在他们心中弥足珍贵的一串串发光的记

盈江县庆祝德宏建州60周年暨省民族工作队进驻盈江60周年文艺晚会

参加盈江县庆祝德宏建州60周年暨省民族工作队进驻盈江60周年纪念活动的省、州、县老领导与县委副书记、县长亲切交谈

忆永恒记录，把他们建设边疆的雄壮灵魂书写下来，这不仅是为了追忆和铭记他们为盈江做出的巨大贡献，更是为了传播他们那股激越的创业豪情和无私的奉献精神，从而激励我们不断奋勇向前，努力铸造更加美丽富饶的新盈江。"

《边关岁月》一书，共90篇文章，字数430千。大多是鲜为人知的实事及难寻的资料，生动地体现了延安精神。正式出版后得到社会各界，特别是离退休老同志的赞赏。

征编过程中的三个小插曲，让笔者至今难忘。

第一个小插曲。2013年2月，盈江县农业学会芒市分会的会员们听到笔者接受了征编《边关岁月》一书的任务，就互相说："春刚接受了征编任务，我们各自都把自己珍藏的稿件拿出来，支持他一下吧！"他们很快就寄给我十多篇珍贵的文稿。盈江县农业学会芒市分会的会员，绝大多数人都是20世纪60年代分配到盈江的大学生，大多数都分配在农、林、水系统，文化很高，很有水平，很能干，写作水平也高。笔者也与这些人很熟，曾多次得到他们的帮助，这次又得到了他们的支持帮助，心理十分感动。

第二个小插曲——突然接到的一个电话。那年2月下旬的一天上午，笔者正在盈江县政府的办公室编写稿件，接到电

话，先被问是不是某人，笔者说是的，电话的声音马上变大，很激动地说："我是×××，你爸爸我叫哥，你妈妈我叫姐，当年都是到盏西开展工作的老同志、老战友。你为什么不收录我的稿件，为什么？"

第一次听到这样的质问，笔者吃惊之下赶紧问究竟是怎么回事。原来是一位20世纪80年代后调到外地的一位长辈，一个多月前寄来了她的回忆录，不知什么原因稿件没有被选中，所以很生气。问明情况后，笔者当场回答说："等我看一下，明天回答您！"

笔者一方面叫政府办的同志赶紧设法找到这份稿件，再看一下。下午上班，办公室的同志就已经将这份稿件找来放在笔者的办公桌上，才知是当时一个来跟班学习的人收到稿件不知道要拿到笔者这里，就暂时先摆放到一边，过两天那人回原单位了，大家又都忙着，所以谁也没注意到稿件。

笔者赶忙打开稿件一看，其内容正是笔者寻求的，与书的主题相适应的。假若不是她自己写出来，谁能想到这样的情节？

笔者立即拿起电话说："黄孃，对不起，是我的疏忽，没有认真看您的稿件！黄孃，谢谢您！您把这么好的稿件寄给我们，我们一定收录。"

第三个小插曲。已经送去排版的第三天，有一位退休老教师又来到盈江县政府找到笔者的办公室交稿。一看是稿子，也有几处还要改，笔者说："尹老师，已经送去排版了，恐怕来不及了！"但当时看到那位退休老教师痛苦的面容表情，笔者的心顿时好像被什么刺了一下，心想，让一个1953年以前就来到边疆的老人这么难受，不应该呀！应该补救一下，让为难之处留在我这里！于是，赶忙又说："时间是晚了些，我们力争补一补吧！老教师听到笔者这样说，心情才好了些。笔者提起笔来当场改了几处，又请她再提供一点资料赶快送来，老教师笑着走了。笔者又打电话到排版处，请他们无论如何再帮个忙，再帮补上一篇文稿和插图。好在排版的朋友理解,答应了请求。

"边关系列丛书"的初步形成

2001年6月30日上午,中共盈江县委、县人民政府在县委二楼会议室举行"三书一刊首发式",是盈江县庆祝建党80周年活动的一个重要内容。

这个"三书一刊"是指2001年上半年出版的《边关往事——盈江解放50周年纪念文集》《中共盈江县党史资料选编(第三辑)》《中共盈江县组织史资料续编本》和《今古盈江》第10期。这个"三书一刊"后来被誉为第一个"三书一刊"。

盈江县五套班子领导、县直各有关部门主要负责人和部分离退休老领导、老同志及部分撰稿人员共96人参加了会议,盈江县委书记汪宝泉在会上指出:"'三书一刊'的正式发行是我们向党的80周年华诞敬献的一份厚礼!"他希望全县各级干部认真阅读这些史料,从中吸取经验教训,把各方面的工作搞上去。

盈江县委组织部副部长管有任汇报了"组织史资料"的征编出版情况。盈江县史志办主任陈春刚汇报了"三书一刊"征编出版的相关情况。座谈会上,老领导、老同志们纷纷争先恐后地发言。盈江县政协原主席沙忠胜同志说:"今天我怀着激动的心情参加'三书一刊'发行座谈会,对参加编辑的同志们付出的艰苦努力表示衷心的感谢,这些资料对我们了解盈江的过去、现在的情况具有十分重要的意义,对盈江县今后的建设、对子孙后代的教育具有不可估量的作用。"刀安成、尹必久、明腊令、张绍福、张儒义、杨大盛、李应权、王振泽、余正来等同志均在会上做了发言。其发言，一是对史志办的同志们在资料收集非常困难的情况下，在较短的时间内发扬艰苦奋斗的作风，克服各种困难编撰出版"三书一刊"的壮举给予了充分肯定；二是请盈江县委、县政府及有关部门进一步支持、理解他们，使他们能更好地工作。

盈江社会各界对第一个"三书一刊"的出版给予很高的评价。建党80周年期间，盈江县广播电视局特意制作的向建党80周年献礼的专题片《"三书一刊"真诚奉献》播出后，在社会上引起很大反响。同年国庆期间，盈江县文体局等单位举办展览展出了"边关系列丛书"。

"三书一刊"的出版发行，标志着具有盈江特色的边关系列丛书已经初步形成，将对全县两个文明建设发挥积极的推动作用。

2003年1月，盈江县委书记在中共盈江县第九次代表大会报告中说，"'三书一刊'坚持先进文化前进方向……初步形成具有盈江特色的'边关系列丛书'，加大了盈江对内对外宣传力度……"

2003年2月，盈江县委副书记、县长在政府工作报告中说："初步形成具有盈江特色的'边关系列丛书'，在全州各市县中独树一帜。"

"三书一刊"拉开德宏建州50周年系列活动序幕

盈江县2001年出版的第一个"三书一刊"，标志着"边关系列丛书"的形成；2003年出版的第二个"三书一刊"，却意外地拉开了德宏建州50周年系列活动的序幕。

一个自治州所属的县征编的书刊，竟然会拉开州庆系列活动的序幕？这不可能吧？但盈江县征编的第二个"三书一刊"，的确

拉开了德宏建州50周年系列活动的序幕，这是客观事实，得到了社会的认可。

（1）审时度势，德宏州委、州政府决定将盈江征编的"三书一刊"定为州庆献礼书。

2003年7月23日是德宏傣族景颇族自治州建州50周年的光辉日子，德宏州委决定2003年12月28日至30日在芒市举办隆重的庆祝活动。德宏州庆组委会还指定了部门，下拨了经费，要出一本州庆献礼书，在原来安排的系列活动中，确实是没有"三书一刊"首发式这个内容的，可是原先指定的献礼书虽按时出版，但社会各界反响不一。盈江和德宏州内其他市县一样，都在积极准备献礼书。

12月初，德宏州委、州政府主要领导听到社会各界特别是众多离退休老领导对盈江县刚刚出版的"三书一刊"评价很高，于是专门听取了州庆组委会成就展示组的汇报，决定将盈江出版的"三书一刊"定为州庆献礼书，并决定立即由州庆组委会成就展示组负责组织"三书一刊"首发式。

2003年12月8日，盈江县接到德宏州庆组委会成就展示组发出的明传电报称："为隆重庆祝建州50周年，弘扬建州初期开创边疆工作的老同志们艰苦奋斗、热爱德宏、全心全意为人民服务的奉献精神……经州委同意，定于……召开庆祝建

"三书一刊"首发式，以此拉开州庆系列活动的序幕

州50周年献礼书三书一刊首发式……"

2003年12月9日，德宏州庆组委会成就展示组发出的《关于召开庆祝建州50年献礼书"三书一刊"首发式活动的通知》称："……经州委同意……在德宏芒市宾馆六号贵宾楼会议室召开'庆祝建州50年献礼书三书一刊首发式'活动，为州庆系列活动拉开序幕……"

（2）首发式激动人心。

2003年12月23日上午，德宏建州50年献礼书"三书一刊"首发式在德宏芒市宾馆举行。20多位州级老领导和10多位解放初期到盈江开展工作的县处级领导与8位盈江县老协的代表应邀参加会议，德宏州委组织部、州委宣传部、州直机关工委、州教育局、州老干部局，盈江县委、县政府及州县史志部门的领导、新闻单位的记者及工作人员共150多人参加。老州长刀安钜把自己栽种的数十斤青枣带到会场，请与会者品尝，增添了首发式的喜庆气氛。

首发式明确指出："所谓的州庆献礼书'三书一刊'是指《边关征程——纪念建州暨省民族工作队赴盈50周年》《边关纪实——世纪之交盈江人的书》《中共盈江县党史资料选编（第四辑）》和《今古盈江》第13期、14期。"

出席首发式的老领导张彭健、杨存礼对"三书一刊"给予了很高的评价。作为"三书一刊"的主编，陈春刚也在会上对书刊做了简介。

出席首发式的领导代表德宏州委、州人民政府对"三书一刊"的出版发行表示热烈的祝贺，并向出席首发式的各位老领导以及对全州建州初期为德宏的发展进步做出重要贡献的老同志们表示崇高的敬意！"'三书一刊'于州庆前夕出版发行，这是献给州庆的一份特殊的厚礼，也是对各族干部群众，对广大青少年进行革命传统和爱国主义教育的生动教材。"

（3）这是党和政府的关怀。

德宏电视台新闻节目当晚播出了"建州50年献礼'三书一刊'

首发式"的新闻；12月25日，《德宏团结报》"州庆特刊"第一版刊登报社记者《"三书一刊"出炉向州庆献礼》的专题报道。

出席会议的盈江县委、县政府领导认为："首发式的召开，不仅是州庆组委会公开认定'三书一刊'为州庆献礼书，而且把首发式作为拉开州庆系列活动的序幕，对此，我们作为一个盈江人感到自豪和骄傲！"

"三书一刊"的出版使编者的心血化为成果，其首发式的举行使编者的成果得到社会的认可！这是社会的回报，更是党和政府的关怀！

丛书之红色文化

红色文化，特指新中国成立以来共产党人开创边疆新时代和新时期改革开放的风采，传承老一辈共产党人全心全意为人民服务、艰苦奋斗的革命精神和记述开创边疆老一辈集会纪念的纪实书刊。

1999年12月出版的《边关巨变——盈江改革开放20周年征文选》，由中共盈江县委、盈江县人民政府编，德宏民族出版社出版。大32开精装本，字数300千字。

2001年4月出版建党80周年献礼书《边关往事——盈江解放50周年纪念文集》，盈江县史志办编，德宏民族出版社出版。大32开精装本，字数260千字。

2003年9月出版《边关征程——纪念建州暨省民族工作队赴盈50周年》，由盈江县史志办编，内部出版；大32开精装本，字数330千字。

2006年9月出版的《"先教"在盈江》，由中共盈江县委

2010年，盈江解放60周年时出版的关于盈江的部分书籍

"先教"活动领导小组编，内部出版；大32开本，字数530千字。

2011年6月出版的《边关英烈——盈江县革命先烈及因公牺牲人员纪实》，由盈江县民政局编，德宏民族出版社出版。大32开本，字数150千字。

"谨以此书献给中国共产党成立九十周年"的字样，清晰地印在《边关英烈——盈江县革命先烈及因公牺牲人员纪实》一书的开头。

时任中共盈江县委书记的王明山在"序一"中说："以陈春刚为代表的一大批盈江县革命精神传播者自20世纪90年代起就开始着手收集、考证、整理盈江先烈们的英雄事迹，编撰这本《边关英烈》，历经十余载的风雨，数易书稿正式成书，这是盈江学术界的丰硕成果，也是英勇的盈江儿女对中国共产党成立九十周年的献礼。"

时任盈江县委副书记、县长的卫岗在"序二"中说："为了不该忘却的纪念，经过多年筹备，倾注着编著者许多心血和感情的《边关英烈》一书即将付梓。在盈江'3·10'地震灾后恢复重建工作全面展开的关键时期，此书的出版有其特殊而又重要的意义……'人生自古谁无死，留取丹心照汗青。'文天祥在《过零丁洋》中的千古名句，正是先烈们不怕牺牲、甘于奉献精神的最好写照。作为后人，我们要铭记历史，永远不要忘记为我们今天的幸福生活流过血、出过汗的先贤前辈……无论历史的浪花翻腾何处，先烈们永远是我们不该忘却的纪念！"

德宏州委原副书记张彭健亲笔写信指教，中共中央原委员朗大忠、德宏州人大常委会原副主任杨存礼、曹大忠，德宏州审计局原局长苏文荣都提出了很好的修改意见，德宏州政府原州长刀安钜、部队老同志樊腾报等纷纷打电话来表述其修改意见。

德宏电视台对此书的出版进行了报道，2011年7月9日的《德宏团结报》也对此进行了报道。"边关颂忠骨，英灵贯长空。盈江人民怎能忘记，无数的革命先烈，为了民族的生存和尊严，为了

2017年6月问世的纪念全民族抗战爆发80周年的《边关丰碑》一书

祖国的独立和富强，为了人民的幸福和安康，献出了宝贵的生命。"此书用富有感染力的语言表达了盈江各族人民的心愿，也是其一经问世，即得到社会各界认可的主要原因之一。

2013年4月出版的《边关岁月——纪念建州暨省民族工作队赴盈60周年》，由盈江县延安精神研究会、《话说盈江》编辑部编，德宏民族出版社出版。16开精装本，字数430千字。

2003年12月初出版《今古盈江》第14期"1953年前在盈江工作的老同志聚会专辑"。

2010年8月出版《话说盈江》第17期"盈江县感恩思进主题教育活动专辑"。

2013年7月出版《话说盈江》第25期"纪念建州暨省民族工作队赴盈江60周年专辑"。

2014年1月出版《话说盈江》第26期"纪念毛泽东诞辰120周年专辑"。

丛书之抗战文化

1995年8月印制的《纪念抗战胜利 弘扬民族精神——盈江地区抗日斗争纪实》小册子，内部参考资料，小32开本，字数180千字。中共盈江县委党史征研室编印，撰稿者陈春刚。

2015年8月出版的《话说盈江》"纪念抗战胜利70周年专辑"。

2017年6月出版的《边关丰碑——纪念全民族抗战爆发80周年文集》，由中共盈江县委宣传部、盈江县社会科学界联合会编，内部出版。

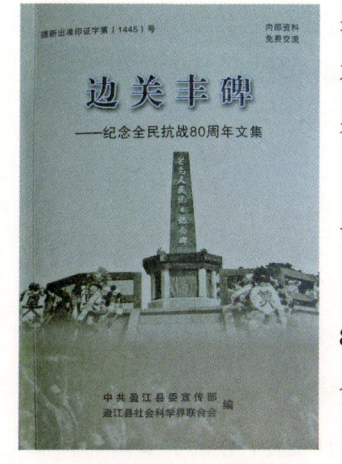

丛书之抗灾文化

在与较大自然灾害的搏击之中，文化是呼声，文化是民心，文化是号角。从 2004 年到 2014 年的 11 年间，盈江地区遭受了一次惊动全国的特大洪水泥石流与 3 次强烈地震灾害的突然袭击。在党和政府的领导下，面对突发灾情，各族群众没有被吓倒，万众一心，众志成城……具有盈江特色的抗灾文化自然形成。

2005 年 5 月出版《今古盈江》第 18 期"盈江县'7·5''7·20'抗洪救灾特辑"。

2008 年 9 月出版《话说盈江》第 11 期"'8·21'抗震救灾纪实专辑"。

2011 年 6 月出版《话说盈江》第 19 期"'3·10'地震抢险救灾纪实（3.10—3.20）"。

2015 年 3 月出版《边关情怀——2014 年地震我的一天》，由盈江县延安精神研究会、《话说盈江》编辑部编，德宏民族出版社出版。16 开精装本，字数 390 千字。此书的出版，成为全国第一本抗震救灾散文集。

2015 年 11 月《边关奇迹——2014 年地震应急救援纪实》问世。内文 120 页，16 开彩色铜版纸。由盈江县社会科学界联合会、盈江县延安精神研究会、盈江县《话说盈江》编辑部编，内部出版。

丛书之研讨文化

可以说，如果没有连续举办的三届刀安仁革命思想学术研讨会，就不可能有研讨文化系列丛书。其代表作是指先后于 2009 年

4月、2011年11月、2016年10月成功举办的三届刀安仁革命思想学术研讨会的献礼书刊与纪念专辑。研讨文化代表作的出版问世，凝聚着许多领导和离退休老领导、专家们的心血，如今已去世的刀安钜老州长、方吉龙老领导和被誉为德宏傣族才子的刀保尧老师都为这些研讨文化代表作的征编出版注入了心血。如果没有得到他们的帮助和支持，肯定难以成功出版。

2009年4月出版《话说盈江》第12期"首届刀安仁革命思想学术研讨会特辑"，字数380千字，由盈江县《话说盈江》编委会编。

此期《话说盈江》被研讨会组委会指定为"首届刀安仁革命思想学术研讨会献礼书"，赠送给所有与会者。

2011年10月出版《话说盈江》第20期"纪念辛亥革命一百周年暨第二届刀安仁革命思想学术研讨会专辑"，内文152页，由盈江县《话说盈江》编委会编。其被研讨会组委会指定为"第二届刀安仁革命思想学术研讨会献礼书"，赠送给所有与会者。

2016年9月出版《话说盈江》第31期"中国梦·第三届刀安仁革命思想学术研讨会专辑"，被研讨会组委会指定为"第三届刀安仁革命思想学术研讨会献礼"，赠送所有与会者。

2016年9月出版《滇省首义录——刀安仁辛亥腾越纪实》，被研讨会组委会指定为"第三届刀安仁革命思想学术研讨会献礼"，赠送给所有与会者。

丛书之地情文化

《边关纪实——世纪之交盈江人的书》，2003年11月由德

第一届、第二届、第三届刀安仁革命思想学术研讨会的献礼书

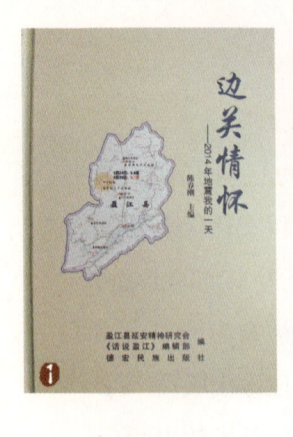

宏民族出版社出版，字数290千字，大32开精装本。中共中央候补委员、云南省政协副主席管国忠等题词。时任中共德宏州委书记刘一平书记认为："这是一份特殊而有意义的厚礼，是边疆各族人民的骄傲和自豪！"

"世纪之交"的含义是指：2001年，既是千年轮回新起点的第一年，也是世纪之交新开局的第一年，更是中国共产党成立80周年，意为值此千载难逢吉兆呈祥之际所征编。"盈江人的书"的含义是：本书旨在记录边关故地盈江人（包括在此生长和户口、工作单位在过此地的人），用汉文所写的已经流传于世的关于盈江的书的汇编。换言之，这是一部盈江人所写的盈江书的汇编。

2005年1月出版《今古盈江》第17期"盈江县'直过区'调研专辑之一"，内文46页，由陈春刚撰稿。

2009年9月出版《边关大道（一）——盈江县公路建设纪实》，盈江县交通局编，由德宏民族出版社出版。大32开本，字数230千字。

2012年3月《盈江社科·2011》问世，由盈江县社会科学界联合会编，内部出版。32开本，字数140千字。

2012年10月出版《边关大道（二）——盈江之桥纪实》，由

❶ 2015年3月出版《边关情怀——2014年地震我的一天》，是全国第一本抗震救灾散文集

❷ 赶来参加首届刀安仁革命思想学术研讨会的四海作者代表团

盈江县交通局编，德宏民族出版社出版。大32开本，字数160千字。"谨以此书献给中国共产党第十八次全国代表大会的召开"的字样首先映入眼帘！

2005年4月，第五届云南省地方志优秀成果评选揭晓，盈江县的15本书刊被评为"优秀成果"。当然，地方史志和许多资料汇编都是很重要的地情资料，确实应当收录，笔者也编过几本，但因篇幅所限等原因，故就不在此一一介绍了。

❶ 盈江县庆祝德宏建州60周年暨省民族工作队进驻盈江60周年座谈会

❷ 2011年11月，参加第二届刀安仁革命思想学术研讨会的各界人士前往刀安仁墓地

第二章
生态雨林　万象盈江

从大娘山的天行鸣唱、在岁月的烟云中沉浮的华夏榕树王、水韵盈江湿地风光、犀鸟天堂、石梯之游和望远镜里的盈江鸟类世界，到诗蜜娃底、黄草坝的疙瘩树，还有中国橡胶母树、凯邦亚千岛之湖，都是那样的独特……

天行鸣唱大娘山

大娘山既是自然保护区,又是旅游风景区。有"大雪山景观""草坝田湿地""支那云海""二娘山原始森林""龙洞泉溪群""聋子洼瀑布""月亮石石林"及"仙人洞冰柱",被人称为"大娘山八景"。把这些景点连接一线,游客尽可欣赏大娘山的奇峰异石、林泉飞瀑,亦可俯瞰支那大坝的壮丽景色及异域风光。

德宏最高的山,天行长臂猿最美的家园,是一支神奇的山脉,也是让人向往的神奇区域。在这里你可以感受到夏季原始森林的凉爽,也可以体会到冬季白雪皑皑的北国风光。置身其间,可东览腾冲高黎贡山,南俯大盈江江流,西瞰缅甸密支那城郭,北眺印度钦山。这就是雄踞于盈江北面的国境一线,主峰海拔3404.6米的大娘山。

说到大娘山,不得不说的就是由中国科学家命名的唯一一种类人猿——天行长臂猿。每天清晨,伴随着太阳的升起,原始的大娘山里传来了一种特殊而又嘹亮的歌声,那是一种用生命在鸣唱的声音。特别是行走在其中,有一种"两岸猿声啼不住,轻舟已过万重山"的遐想。这就是大娘山的神奇之一,因为它的存在让这个神奇的物种成了守护它的精灵。

大娘山,并不仅仅是一座孤山,还有二娘山、大雪山等等。大娘山那些好听的神奇故事千百年来代代相传。据说,在很久很久以前,一位年迈的猎人身背硬弩,腰持豹皮箭囊,手执钢叉,穿花

1 大娘山风光
2 大娘山原始森林

溪,攀石山,经仙人洞山麓越过悬崖峭壁至此游猎。时至中午,未觅见一个猎物的蛛丝马迹,又因连日跌峰蹈壑,此时觉得格外疲倦。但见此处百卉拥石,峰峦叠翠,于是择其高处枕石侧卧,一来以养精蓄锐,二来便于观花赏景。不觉酣然欲睡,迷糊中于云烟缥缈处见两位品貌端庄的仙娘在一旁私语:"大姐,看这老者,翻山越岭一路艰辛射猎,一无所获,怪可怜的!""是啊,怪可怜的。我看,何不把我们的秃尾巴猪送他一只……"老猎人梦中一觉醒来,觉着有些奇怪,纳闷中见天色已过午时,起身便要觅路返回。霍然间,于数十步开外,见一只黑熊摇头摆尾,缓缓而来。猎人惊喜不已,不慌不忙地放下钢叉,拉开硬弩,弦开处,只见黑熊应声倒地,不再动弹。猎人抢上前待挥起钢叉时,见黑熊确已气绝,遂用力抛上肩,高高兴兴地欣然而归。之后,两仙娘赐秃尾巴猪之传说,于此地民间广为流传。大

娘山、二娘山之美名，概源于此。

大娘山保护区内沟壑纵横，大大小小的山脉一座挨着一座，有的高耸入云，有的逶迤伸展，有的像卧倒时的老牛，有的像奔驰的骏马，千姿百态，美得让人窒息，美得让人流连忘返，根本不是那干瘪的文字所能解释得了的。郁郁葱葱的原始森林和茂密的灌木丛连成片，给群山、谷地披上了厚厚的绿装。每当春意盎然的时节，大娘山保护区内群莺飞舞、百鸟齐鸣、奇花异卉、争奇斗艳，成了花鸟世界。此时此地，会有"红情绿意知多少，尽入园林万树花"的感受。山道两旁开着红的、黄的、紫的，诸多叫不上名的野花，

支那云海

　　一坡连着一坡，姹紫嫣红，十分绚丽，瞬间让人有种误入画中的错觉。炎炎盛夏，山中茂林修竹浓荫蔽天，借这清幽场地避暑乘凉，意兴豪情会勃然而生。特别令人神往的是经年不化的大娘山积雪，是素负盛名的德宏四大奇景之一。大娘山山顶处处堆银垒玉，大量积雪炎夏不化，每年盛夏吸引着成百上千的游客及海外游子，纷纷到大娘山旅游观光，避暑消夏。

　　在海拔3000米左右的古老原始森林中，生长着多株20多米高的冷杉树。冷杉以其楚楚动人的身姿与不畏风雪严寒的气质，被誉为"树中君子"。这些冷杉树大多高入云天，其中一棵巨杉被人称为"冷杉王"。它树皮苍黄，树根有水桶粗，张牙舞爪，伸出四五米远才扎入土中。冷杉王枝干生长旺盛，直指苍穹，蔚然壮观。围着冷杉王转一圈，四周树木遮天蔽日，根本无法拍到它的全貌。冷杉王胸径2米、高30多米，直插云霄，在大娘山林海中鹤立鸡群。仰起头看杉王树梢，脖子仰酸了，还看不清楚树梢伸向何方。它主干辐射出的树枝犹如伞

骨，将密密麻麻的青绿色树叶挂到四面八方。若在烈日当空时在树荫下摆设几桌酒席进餐，决不会受到烈日烘烤，使人享受到独具一格的热带雨林特有的乐趣。秋天，大娘山保护区内野生水果漫山遍野，垂挂枝头，十分诱人；万绿丛中又出现片片红叶，红似灯塔，令人向往；夕阳西下时，天边的晚霞与林中的归鸟一起飞翔，碧绿的秋水和高高的天空相映成同一颜色，秋色连波，碧云天，黄叶地，明丽清爽，别有一番景致。隆冬季

节，大娘山山崖上冰帘倒挂，宛如玉笋银帘，晶莹剔透，赏心悦目。寒冬来临，百里点苍，白雪皑皑，最高峰的积雪更是终年不化。此时的大娘山正在冰天雪地里沉睡着。一到下雪天，整座大山都变成白色，就好像走进了白色世界。冷杉、铁刀木、云香、落叶松、红豆杉……树枝都覆盖着一层厚厚的积雪，雪后大娘山，人间一仙境。山未醒，人已欢，每天上山观雪景的州内外游客络绎不绝。

大娘山云、雪、林、泉、石、花等组成的天然景观，让人倾倒。云景变幻万千，其中最有名的是"支那云海"。山上的云雾像一位妩媚多情又有些狂放的女郎，挑逗着大山，在大山的身边飘来飘去，一会儿紧紧缠绕，一会儿又呼地跑开，留下一片轻纱，却是以一种从未放弃的姿态守望。大雪是大娘山保护区最好的天然景观。爬上山峰饱览雪景，不一会儿魂儿就被迷住了，心也丢在了山谷间。二娘山、大雪山、白马山、鸡叫山、狮子山的风光就是这般摄人心魄，叫人心甘情愿迷了魂。大娘山上珍稀树种名目繁多，较为珍贵的有冷杉、紫桂、楠木、红椿、橡木、红木荷、香樟、红豆杉等等，是名副其实的植物宝库，是珍稀动植物的避难所。大娘山还是竹子的故乡，主要有实竹、黄竹、刺竹、油竹、存竹、空竹等等。山上藤类也很丰富，主要有鸡矢藤、香藤、广藤、苦藤、鸡肠子藤等等。特别值得一提的是，大娘山上的空竹珍稀而神秘，与众不同，48年才开花结果一次，一个人若能吃上两次空竹米就算长命百岁了。大娘山的花卉品种繁多，主要拥有山茶花、樱花、洋伞花、杜鹃花、映山红、野梨花、吊兰花、雪兰花等等，举目眺望，五彩缤纷，

大娘山风光

可当之无愧地称为"天然大花园"。大娘山，山有多高，水也有多高。在海拔3000米以上的山顶，有香柏河、芦山河、白岩河、洗衣裳河、石洞河、中山坝河等高山河流。群溪中，聋子溪、龙洞泉素享盛名。大娘山的山石千奇百怪，远近驰名。特别是仙人洞、月亮石四周怪石林立，千姿百态：有的像大象头，有的像卧龙，有的像妖女，有的像老头，使人望而生畏，增添了一股神秘感。

大娘山既是自然保护区，又是旅游风景区。有"大雪山景观""草坝田湿地""支那云海""二娘山原始森林""龙洞泉溪群""聋子洼瀑布""月亮石石林"及"仙人洞冰柱"，被人称为"大娘山八景"。把这些景点连接一线，游客尽可欣赏大娘山的奇峰异石、林泉飞瀑，亦可俯瞰支那大坝的壮丽景色及异域风光。

❶ 大娘山风光
❷ 支那云海

　　大娘山自然保护区内群山环抱、林海莽莽，这里的一山一水、一草一木都呈现出一种神奇的美。仙人洞景观、月亮石自然风光、震耳欲聋的聋子洼瀑布巨响以及春季漫山遍野的映山红、夏天的翠竹、秋天的野果、冬天的红叶，将大娘山点缀成姹紫嫣红的美丽世界。

　　在美丽的风景之中，天行长臂猿已经成为大娘山一张动人的名片。在它的歌唱中，这座德宏最高的山峰一定会成为德宏生态旅游崛起的新亮点，相信伴随着天行长臂猿的成长，大娘山的明天会更加美好。

华夏榕树王：在岁月的烟云中沉浮

华夏榕树王，生长在盈江县铜壁关南开山南麓老刀弄寨旁，以树冠覆盖面积打破了"单丝不成线，独树不成林"的俗语，以巍峨硕大的身姿成为故乡一道美丽的风景线。走进榕树王的一瞬，你将邂逅绝美、惊艳、沧桑、磅礴……

榕树之乡的图腾

很久很久以前，一只金鸟发怒，燃烧了整个大地，寸草不留，飞禽野兽都跑到大榕树下躲避火灾，才获得新生。大榕树拯救了整个动物世界，受到边疆少数民族崇拜，在傣族民俗中被视为"圣树"，在原始宗教中被敬奉为"寨神"，寄托着昂扬向上、奋发有为的精神。一个地方、一个村寨，榕树多，就说明这个地方人树兴旺，社会和谐。

盈江堪称榕树之乡，无论是水土丰腴的江畔，还是贫瘠干旱的路旁，甚至水土稀少、葛藤难攀的悬崖峭壁之上，都可以看到它那特有的身影。从大娘山脚下依山而建的古村落，到盈江坝凤尾竹成林、风景秀丽的傣族村寨，无数枝繁叶茂、千姿百态的榕树遍布县境，浓荫的树干、粗壮的根群、闪动的树叶，充满着快乐，把山水点缀得更加妩媚秀美。当北方正值秋日落叶的时候，盈江处处郁郁葱葱、温暖如春，无限风光。

每年泼水节的时候傣族人民就会聚集在榕树下，泼洒吉祥圣水，祈求风调雨顺

这里的人们喜爱它、敬重它。人们与当地的榕树有着难解难分的情缘，有的地方甚至把古榕树当作神树来供奉，祈求人畜安康、五谷丰登。在傣族人的心目中，榕树则是神圣、吉祥和高尚的象征。

独树成林的"华夏榕树王"

生长在盈江县铜壁关南开山南麓老刀弄寨旁的一株古榕树，被誉为"华夏榕树王"，其树冠覆盖面积达 9.6 亩，巨大的树冠，遮天蔽日，像一把巨伞，伸向苍穹。树身奇大无比，主干上布满了块状根系，枝连枝，根连根，构成一个整体，须根入土后长成的树干达 168 根，一束束，一条条，深深地扎进泥土之中，盘根错节，如山脉，如峡谷，似千沟万壑，

❶ 一条由旧城镇通至大盈江的榕树长廊

❷ 云南省政府原副省长、盈江老书记段华民的骨灰撒在允燕山上的这株榕树上

❸ 华夏榕树王

波澜壮阔。它矗立在那里，平静而优雅，如陈年的化石，诉说着不尽的沧桑。树的主干伸向四方，搭成层层叠叠的华盖；而在树的枝条延伸处，垂下数条须根，须根一个猛子扎入大地，由小变大，由细变粗，像无数只"手"，顽强、坚韧、挺拔。

独树成林，在盈江是一个现实，也是一个神话。它是各族民众心目中的神树王，受到保护和爱戴，逢年过节不断地有人祭拜。敬畏榕树王已成为一个特有的文化现象。国内外很多游客慕名到盈江去看榕树王，感受天然美、原始美、自

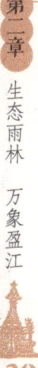

然美。

从"政声人去后，民意闲谈中"的角度看，流传在盈江各族干部群众中的"段华民大度宽容，杨振华文武精通，禹子荣两袖清风"等顺口溜，真实地反映了以担任过中共盈江县委书记的云南省政府原副省长段华民为代表的开创边疆新时代的老一辈共产党人在各族人民心中的崇高威望。愿老一辈共产党人全心全意为国为民的精神和尊重知识、重用人才的崇高品质显示出的那种识才之大智、用才之胆略、容才之肚量流芳百世，永放光芒！

❶ 山间春早
❷ 榕树之林

榕树文化的形成

百年榕树，经历了百年风雨、百年沧桑。每一张绿叶就犹如每一页日历，这日历在新的时代，一页比一页鲜活，一页比一页壮丽，一页比一页传奇。过去穿过树荫的目光，看见的是斑驳的土墙矮屋，屋顶残瓦难覆，外面下大雨，屋里下小雨；如今是改革开放的春天，旧貌变新颜，一幢幢别墅式的农家庄院，像雨后春笋般拔地而起，浓密的树荫已遮盖不住发亮的琉璃墙瓦的光彩，从窗口透出的华灯，不是霓虹胜似霓虹。

百年榕树，正如百年人生，依然涛声依旧。盈江人对榕树的天然的特殊感情，形成了各族群众团结友爱、包容万千、人树相依的一种氛围和情结。这种氛围和情结如同榕树王发达的根系，须根相连，枝繁叶茂。人树和谐、相互依托的生存原则代代相传在"独树成林"的神话里，潜藏着人与自然和谐共生的发展理念，以及"木"生"林"，融入自然万物的精神，即是盈江"榕树文化"的诠释，形成了盈江特有的榕树文化。

❶ 江边群鹭
❷ 在榕树林举办的乡村音乐会

水韵盈江　湿地风光

蜿蜒流淌的大盈江，孕育了美丽多情的大盈江湿地，典型的热带河流湿地生态系统，造就了神奇迷人的自然景观和丰富多样的生物资源，衍生出灿烂夺目的民族文化。水碧沙白、芦花素洁、水鸟振翮；沿江两岸，各族村寨似明珠点缀，山水相依，祥和宁静。青山绿水，沃野平川，湿地风光，无限魅力。

大盈江，古称太平江，为盈江县境内最大的自然河流，是伊洛瓦底江上游的一条支流，也是我国西南一条经由缅甸流入印度洋的国际河流。美丽多情的大盈江湿地，绵延数百公顷，绝美的景致，就像一颗温润通透的翡翠，镶嵌在滇西广袤的土地上，造就了神奇迷人的自然景观，孕育了丰富多样的生物资源，衍生出灿烂夺目的民族文化。

湿地享有"地球之肾"的美誉，它和森林、海洋共同组成全球三大生态系统。大盈江湿地为分布集中的河滩型湿地，面积之广、规模之大，在云南省内绝无仅有。其特殊的地理位置和气候条件以及复杂的地形地貌，维护了当地生态系统平衡，不仅为人类提供了良好的生产生活环境，还对保护生物多样性、提供水源、调节气候等起着重要作用。同时，湿地还孕育了丰富的野生动植物资源。据统计，在大盈江湿地公园有兽类、鸟类、两栖爬行类、鱼类等脊椎动物228种，其中，受国家保护的动物就有145种；共有维管束植物143科438属663种，其中，滇桐、千果榄仁、红椿等为国家二级保护植物。物种多样性丰富，为盈江湿地公园增添

了一抹别样的色彩。

　　保护湿地是一个世界性的话题，已经成为世界性的行动。大盈江特殊的地貌组合，地势高低突出，不同区域气候差异形成大盈江独有的立体气候特点，大娘山白雪皑皑、诗蜜娃底百草丰美、铜壁关自然保护区更加神秘、凯邦亚湖秀丽迷人。当地各族群众积极履行大盈江流域生态治理工程，保护河流湿地的生态系统及生物多样性，树立了良好的国际形象。

　　大盈江穿越森林峡谷，流入盈江坝区，水流减缓，江面扩宽。芦苇簇拥的江心小岛，在蓝天白云下，尽显亚马孙般的野性。春天，木棉花开，一朵朵跳跃在枝头，如同一簇簇跳跃的火焰，燃烧在青翠的竹林中间。人们踏着青青的绿草、细细的白沙、赭赤的栈道和石板铺就的小路，来来回回地穿梭。洁净、蔚蓝的天空撑在高远的青山上，有丝丝的云游弋着。湿地公园里，各色的花儿在阳光下茵茵地铺开，犹如天女的织锦。红色的叶子花墙，垂下了艳丽的花的瀑布。白色的象群昭示着人民的快乐、富足、安康。撑开

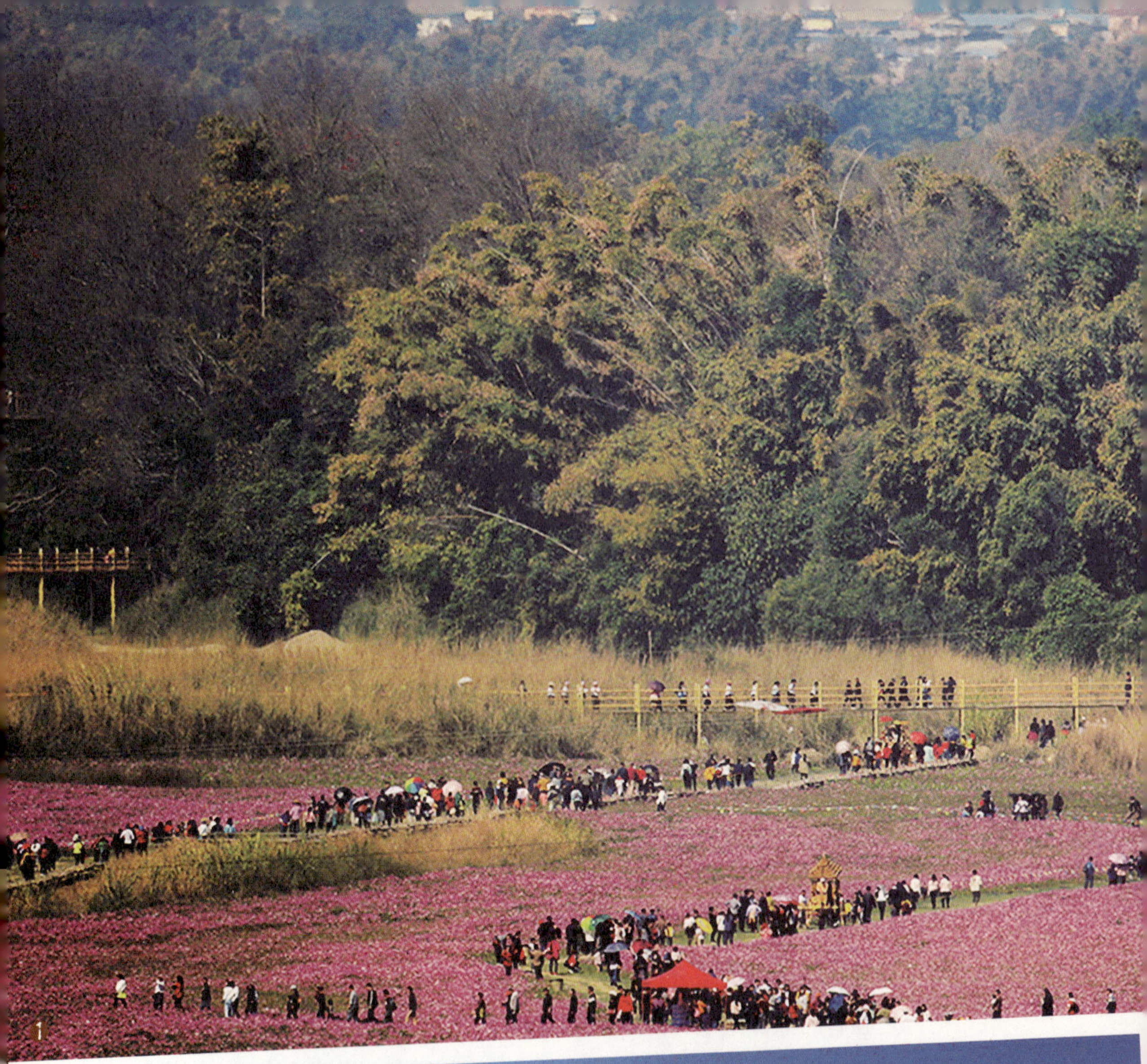
1

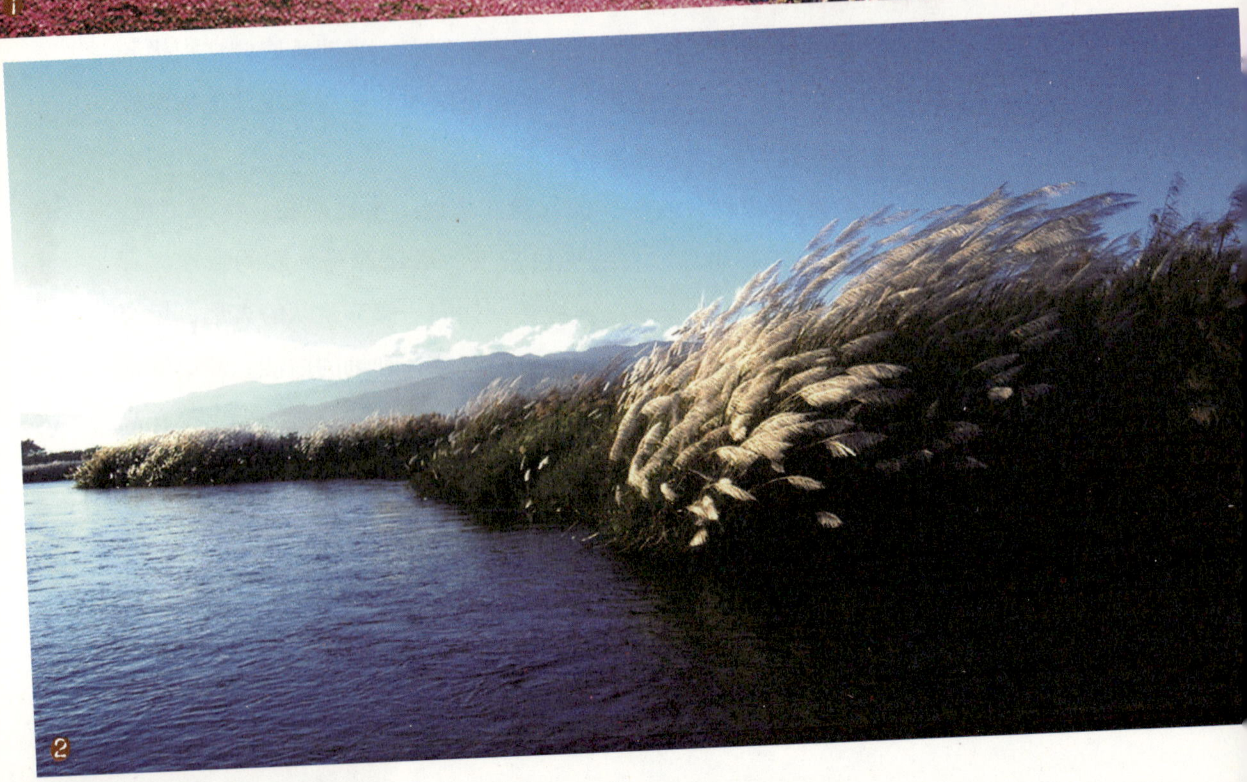
2

了竹篾伞，细小的碎步间摇动的是亮白的银泡、五彩的笼裙、洁白的婚纱。远处，蓝天和青山相连，碧波与岸边阔叶林相互辉映。近处，竹桥静置于水面，身挑箩筐的村民从竹桥上走过，看不清容貌，但身影却异常清晰，简单的生活场景，如诗如画。人们微微笑着，女孩们羞涩地一路跑着，追逐着春的景色。

夏天的细雨如期而至，细密的、迷蒙的、邈然的、持续的，如烟，如雾，如苍天垂下的线条，如骤然急响的鼓声和马蹄声，一阵一阵、一日一日地下着。水越来越高，土越来越疏，天越来越暗，屋子里的衣服和被褥湿得要捏出水来，人们每天踩着或深或浅，或清或浊的泥水和心情来来去去。群山和树林都被水雾锁着，迷迷蒙蒙，江水渐渐地涨满，从灰白到昏黄，长高的芦苇在江水中矗立着，长长的叶子划过江面，带着细细的波纹，犹如一条条细碎的鱼儿在水里游动。而鱼儿，就在流水的苇丛中安了家，它们青色的脑袋和有力的尾巴拍打着江水，在苇叶间跳跃，留下了一串一串洁白的珍珠。

间或雨停了下来，阳光从厚厚的云层穿透，洒在江水和芦苇上，水面上青翠的苇丛间闪着粼粼的波光，一串串七彩的光圈随着阳光在空气里跳荡。云在远山的腰上，慢慢地爬着，渐渐地坐在了山顶上。

秋天是观芦苇花的季节。碧蓝的江水躺在洁白的沙滩上，慵懒地弯着腰身，展示着

❶ 大盈江湿地公园
❷ 江边芦苇

自己优美柔和的曲线。身上的裙裾，如轻纱一般，带着亮银的丝线，朝岸边的白沙涌来。沙滩上、江岸边、江堤上、丛林间都是浓重的绿的色块，绿的苇叶，绿的阔叶树，绿的毛竹、缅竹、凤尾竹，绿的海芋、芭蕉、草丛和藤蔓，占据了油画的中间层，大块大块绿的色彩围着江水蜿蜒流动，绿得好像要滴下来了。绿的上面，直立的、飘动的、摇曳的白，那是苇花，素洁得犹如天上的云，一团团、一片片、一线线连到了天边。一阵微风吹过，雪白的芦苇花，在阳光下随风摇曳，如同卷起了千顷浪花，人入其中，如痴如醉。秋风过处，一株株芦苇相互推搡着、挨挤着，轻盈地来回摆动。洁白的苇花就跳动在细嫩的枝头，如丝如线，如棉如絮，轻轻地、轻轻地飘起，像万盏蒲公英的种子，带着自己小小的心愿，飘到天空，躺在洁白的云絮当中，做着晚上邂逅秋月的梦。

走进湿地深处，时而寻得各种水鸟的身影，秧鸡、野鸭、白鹭等知名的和不知名的小鸟，在水边、沙滩和苇丛中自在嬉戏，它们的爪子在泥地和沙滩上留下了细碎的印迹。耳朵里是鸟儿的细语，不由得用眼睛去搜寻鸟儿们的行迹。置身其中，可以一洗身上的烦躁和疲累，感受自然，亲近自然，远离喧嚣，让人心旷神怡。

江心的竹笆桥上，戴着竹篾帽子的傣族女子担着竹箩，细碎的步子，踩得竹笆小桥吱呀吱呀地响，艳丽的纱衣和笼裙紧紧地贴着细细的腰身，左臂搭在竹担上，摆动着右臂，她们的每一步，都变成了江中美丽的摇曳的倒影。有大雁飞过，长长的队伍沿着河谷留下了两行远去的身影。

大盈江湿地

大盈江湿地公园一角

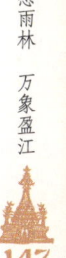

　　傍晚，夕阳渐落，湿地公园的一切景物都渐渐笼罩上一层明亮的金沙，江水、沙滩、竹桥、稻谷都金灿灿的。夕阳染红了天边的云彩，金色的阳光镶嵌着或浓或淡的红云，层层叠叠地倒映在江水里，像一汪流淌的金水，不由得让人感叹这世界的美好。踏着翠竹编成的栈道，向着芦苇深处寻去，一株株芦苇或扎根在沼泽、河沟，或丛生于湿地、沙丘，四季轮回、茁壮生长，坚实挺拔的枝干，婀娜的身姿，绵软的白絮，在和风中显得风姿绰约，彰显着野性的、蓬勃的生命力。

　　盈江的冬是温暖的，细瘦而光秃的苇秆是柔软的，不像北方天空下那么瘦和硬。阳光从细细的苇秆的缝隙里落了下来，落到苇叶上，落到草地上，落到绿绿的草芽和游人的眼睛、衣衫上，就像早晨温暖的日光穿过竹帘，细细地、层层地落在懒起的人的床上。江水薄而轻、透且亮，江底的石子静静地铺在河床上，象牙白、青黛绿、赤褐、灰棕、赭黄、绯红、苍黑……每一粒大大

第二章　生态雨林　万象盈江

147

小小的石子，都带着自己出生地的印迹和流水雕饰的颜色，静静地躺在洁白的沙子里，在流水里轻轻地、温柔地洗着，期待着一双小手捧起，一路滴下银色的叮咚的泪珠。

沿江翠竹林堤，绵延数十千米。江岸有农田肥沃、竹树环绕的村寨，星星点点，似璀璨的明珠点缀其间，点线连接，勾勒出一幅迷人的画卷，对于久居都市之人而言，这是难得的返璞归真。傣族、景颇族、傈僳族等民族先民在社会发展中，形成了融合发展的民族文化、农耕文化、稻作文化，具有朴素的生态文化，认为："认为万物有灵，生命起源于水，人是自然的产物；有了森林才会有水，有了水才会有田，有了田才会有粮食，有了粮食才会有人的生命。"这些朴素的生态文化观，使得世代以来各族人民特别爱护门前流淌的河水、村寨里的林木、田地里的稻谷。在传统农耕生活中，人们敬畏山水林木，把水视作一种圣洁之物，对水有着敬畏之心和呵护之情。傣族和德昂族的泼水节、景颇族的目瑙纵歌盛会、傈僳族的阔时节等民族节日，体现人类社会与自然环境之间的和谐。大盈江景区观光体验、竹筏漂江、花海迷宫、玫瑰园赏花等体验，让人们走进绿色生态，领略民族风情，尝尽德宏美食，感受山光水色。加之，中缅边民通婚互市，迷人的异国风情与多元的民族文化使盈江充满了无限魅力。

走进傣族村寨，竹篱小径、榕树和翠竹掩映的村庄飘出袅袅炊烟，在这里能感受到傣族人如水一般纯美的性格和最原汁原味的傣族文化。走进景颇族村寨，竹木成林，风景秀丽，环境优美，视野开

大盈江湿地公园的灰鹤

阔，不是人间仙境，也能感受到乡村的静谧和悠闲，感受到山水相依人相伴的和谐，感受到大自然的祥和，品尝到山间美食，让心灵回归自然宁静。在傈僳族村寨聆听大自然的声音——竹林相互摩擦声、山间小鸟争吵声、小昆虫弹琴声由远而近，似乎就在跟前，宛若进入了一个神奇而美妙的世界，使人感受到大自然神奇的活力。在德昂族村寨体验浓郁的水鼓声息，喝农家水酒，听叙事长诗及神话故事，传递人间真善美！

第二章 生态雨林 万象盈江

滇西万象城，花飘大盈江。奔腾的大盈江孕育了这片热土，岁月流淌，其貌依旧，充满野趣。盈江国家湿地公园具有多种功能和价值，其丰富的湿地文化及其秀美的河流湿地景观，不仅表现在生态环境功能和生态产品的用途上，而且具有美学、旅游和科研价值，体现在生态系统的清洁性、独特性、愉悦性、景观协调性、可观赏性等诸多方面。特别是湿地生物群落在自然的状态下演替和发展，促进了物种数量增长，使生态系统物质循环，能量流动，信息传递通畅，有效提升了湿地生态系统的功能。在生态旅游发展中，盈江湿地公园自然奇观受到生态美学追捧，赢得各地游客青睐，漂江游、拍水鸟、逛花海、尝美食，每到一个地方都让人流连忘返。对于当地人来说，这里是休闲娱乐的好去处；对于外来游客而言，湿地公园浮水植物群落、沉水植物群落等各类植物群落，翱翔于江水上空的

❶ 竹桥冬韵
❷ 在大盈江湿地公园游览的少女

鸟类，时而从眼前飞过的蜻蜓、蝴蝶，可以享受到自然界带来的乐趣，感受到边疆地区的和谐文明。这里早已成为人们心中绿色与健康的追求。

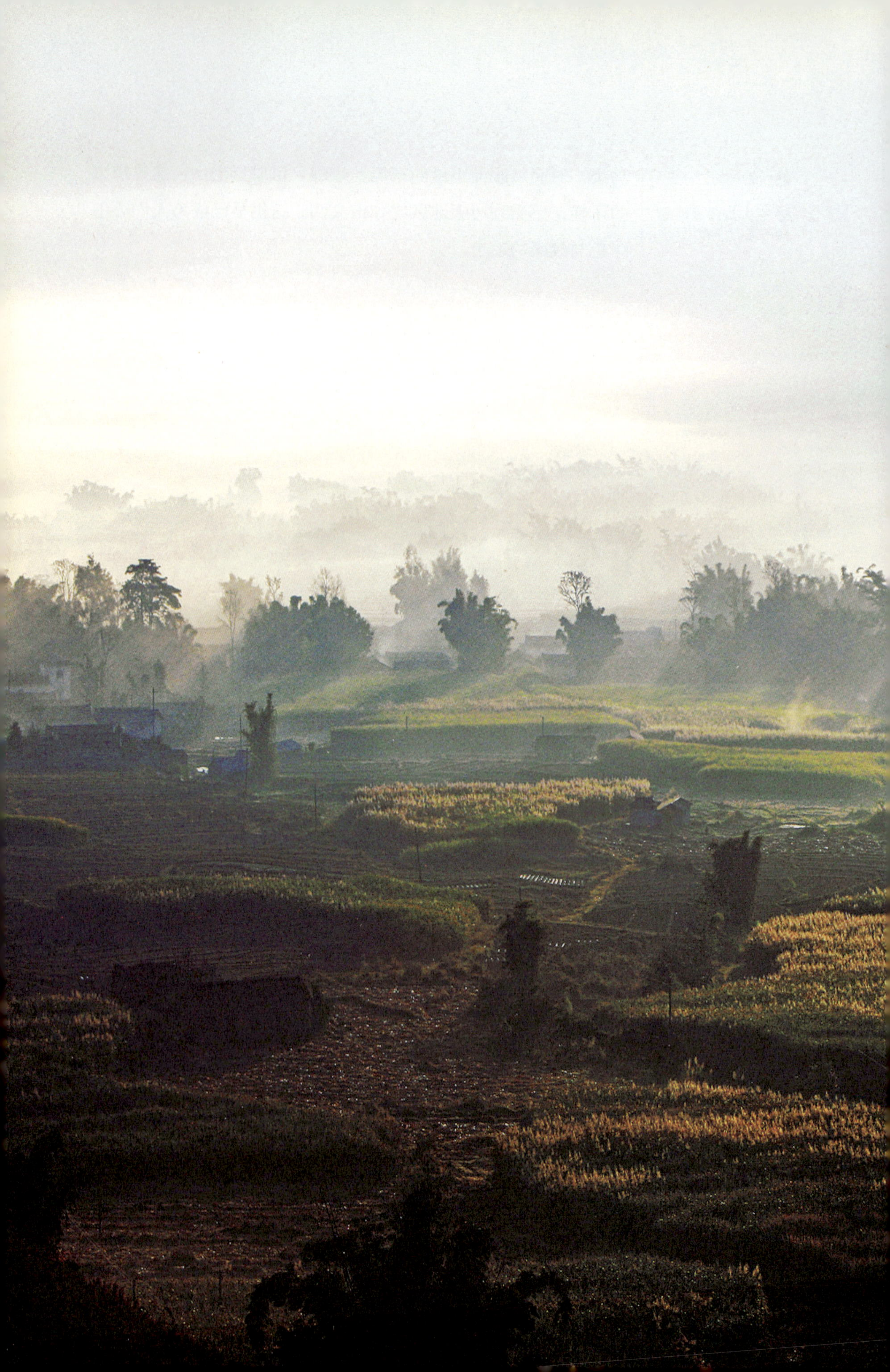

盈江秘境

探秘中国犀鸟谷

中国犀鸟谷在哪里？为什么称为犀鸟谷？为什么还有一个响亮的名字"东方亚马孙"，带着这一连串的问题，笔者带大家一起前往探秘，揭开它的神秘面纱，去和犀鸟谷来个亲密接触……

犀鸟谷地处中国西南边陲，怒江下游，高黎贡山西部，滇西旅游大环线的重要节点：腾冲和瑞丽黄金分割点，盈江县太平镇石梯村的中缅边境大盈江和洪崩河畔。犀鸟谷实在奇妙，与缅甸北部山水相连，仅一河之隔，坐落于中缅交界处热带原始雨林的青山绿水之间，澎湃的大盈江与清澈的洪崩河在此交汇，形成了一道独特的自然景观。一河两国，贸易相通、民俗相融、边民互市，共同推进着边境地区和谐、繁荣与发展。

在24.7千米长的国境线上，群山秀美，草木葱茏，桫椤、龙脑香、叶笑花等名贵植物拔节生长，郁郁葱葱。犀鸟、灰孔雀雉、大黄冠啄木鸟、红腿小隼等各种明星鸟儿往来飞翔，人鸟相依，热闹非凡。良好的地理和气候条件，孕育了多种珍稀动植物，让这里成为有生命的绿色活文物及活化石宝库，享有"中国犀鸟谷""东方亚马孙""中国观鸟旅游胜地"和"活着的鸟类博物馆"等盛誉，是自然界留给人类的无价珍宝。

石梯村是犀鸟谷唯一的村庄，坐落在洪崩河畔的山岗上，山高路陡。为打通"南方丝绸之路"对缅贸易，明朝年间，人们在陡峭的石壁上凿石成梯、踏石为路，石梯村也因此而得名。岁月如歌，沧海桑田。石梯是一个景颇族、傈僳族聚居的抵边村寨，一条"南方丝绸之路"从村子穿过，通往缅甸及东南亚其他国家。村内一块巨大石碑正面雕刻着"南方丝绸之路国内终点"，背面雕刻着"南方丝绸之路国际起点"，彰显着石梯的前世今生和昔日荣光中的历史印记。昔日商贸往来、商贾云集之地，而今因生态保护完好又成了闻名国内外的生态旅游村、对外交流村和中国极边观鸟第一村，国内外众多观鸟爱好者趋之若鹜的"中国犀鸟谷"就坐落于此。

这里春有花、夏有荫、秋有果、冬有绿。茂密的热带原始雨林庇护着珍稀的野生动物，仅在14平方千米的区域，就有黑熊、麂子、云豹、圆鼻巨蜥等多种罕见的野生动物，还有双角犀鸟、白冠噪鹛、蓝绿鹊等400多个鸟类品种，它们和平共处，在犀鸟谷这一独特的生态环境中栖息、繁衍。有观鸟人在一天时间里曾拍到了270多种鸟类，鸟的密度和种类实属世界罕见。对于刚开始观鸟、拍鸟的"鸟人"而言，由于鸟种太过丰富，经常被扑面而来的鸟浪搞得手忙脚乱，不知所措。英国BBC著名摄影师本·沃利兹来到犀鸟谷，就被这里的原始味道深深吸引，他说，湛蓝的天空，极边的村庄，澎湃的大河，巨大的犀鸟，一望无际的森林，构成了最野性的一块胜地。无论你走过多少地方，这里一定是让你最难忘的。

这里又是一个宁静、和谐，民风纯粹，藏在深山雨林中的世外桃源。人们世代居住在大山深处，与自然合二为一，人鸟相依，呈现出一幅新时代的"富春山居图"。从洪崩河河谷海拔200多米的地方，一路观鸟，来到石梯村时，海拔爬升到了1300多米。村寨大门独具景颇族风格，村内道路整洁宽敞，景颇族和傈僳族民居错落有致，布局自然。房屋外围装饰融入景颇族、傈僳族文化元素，充满民族特色。良好

第二届中国犀鸟保育国际研讨会会议现场

的生态环境给边境山寨群众提供了无穷的乐趣，鹅卵石砌成的小院使特色民居格外亮丽，品茶观鸟，兴致勃勃。迎面吹来的微风，远远飞过的犀鸟，远眺缅甸的群山和村寨……边寨风景如诗似画，人与人、国与国、人与自然和谐相处，你可以看到太阳在中国与缅甸两个国家间慢慢向西，在落日的余晖里勾勒出一道亮丽的风景线。

春天打只鸟，秋天少一窝。生活在这里的人们积极开展"保护古树名木人人有责""爱鸟护鸟人人行动"活动，村民对古树名木标号挂牌，"一鸟一巢"集体保护。特别是盈江观鸟活动开展以来，村民积极参与环保，改变了靠山吃山的观念，退耕还林，爱鸟、护鸟蔚然成风，让众多

第二届中国犀鸟保育国际研讨会会议现场

的游客、鸟友云集盈江，享受盈江人鸟相依、天人相谐的和美图景。到滇西去，到盈江观鸟去，已成为国内外众多鸟友心中的梦想。盈江享有"中国观鸟旅游第一县"的美誉。

"中国犀鸟谷"不仅仅是一个地理的地域名，它已然成为中国观鸟的代名词，无论是点缀木楞房四周的鹅卵石围墙，还是悬崖峭壁间的古道关口，处处散发着浓郁的边地气息。花鸟鱼虫告诉当地群众，春耕夏耘，四时不失，五谷不绝。不下雨的时节才是观鸟的时节，因此从秋季到来年夏初，都是观鸟的好时节，往来观游客吃住在石梯，风雨无阻。他们远离城市的喧嚣，从久居的都市来到大盈江国家自然风景区，自驾、徒步、爬山、摄影、创作……客人们观测拍摄鸟、观景赏花、品尝美食、享受生活，

第二章　生态雨林　万象盈江

喜欢与当地村民交朋友，喝酒联欢，体验当地民俗风情；倡导积极健康的生活，跋山涉水，入住深山，不仅锻炼了身体，交流了摄影技术和心得，还磨炼了意志，陶冶了情操，洗涤了心灵。

村民的朴实与善良，"鸟人"的执着与收获，在号称"东方亚马孙"的犀鸟谷构成了一幅美丽的画卷。踏着先人

❶ 红头咬鹃
❷ 花冠皱盔犀鸟

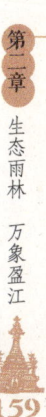

曾络绎往来的"南方丝绸之路"古道，享受大自然赐予的鸟语花香，邂逅天空的精灵，用爱记录着自然界万物生长变迁和人类之间的和谐共生，"中国犀鸟谷"在新时代焕发出了更加耀眼的光芒。

静谧的原始森林里演奏出动听的和弦，犀鸟勾画出富有诗意的美

第二章 生态雨林 万象盈江

雨林犀鸟——"中国犀鸟谷"之犀鸟

石梯之游

石梯，作为中国"南方丝绸之路"的最终出口通道，历经岁月沧桑，在历史长河里播种下了文明，成为自然界和前人留下的自然财富，具有生命的绿色的历史文化遗产。如今这里已成为旅游爱好者寻幽访古、考察探险、领略大自然优美景色的理想地方。

石梯，作为"南方丝绸之路"的最终出口通道，如同一条时光隧道，穿越历史，在过去与现代的交流中，寻找神秘故事。

从芒允老街步行到石梯需要6个小时。蜿蜒穿行的林荫小路，带着游人进入铜壁关自然保护区浓密的原始森林。古时因道路艰险，在勒刚山出关要道凿开悬崖石壁，修建了梯子一样的通关石阶，故有"石梯"之名。如今这里已成为旅游爱好者寻幽访古、考察探险，领略大自然优美景色的理想地方。

走进石梯古道，还能见到两种歇息的地方，一种是为了便于进山村民、过路客人休息，当地群众在山里选择平整的地方用竹木建成的长凳，供人们休息。景颇族村民称这个歇息的地方为"诺卧"。另一种是供山神歇息的地方，称为"茅智"，是用数块平整的石料砌成的"石椅"。过去人们经过"茅智"时，都会停下脚步用树叶或小礼品敬献"茅智"，祈祷山神保佑，不受当地鬼怪、野兽侵扰。

林间参天古木、蜂飞蝶舞、百草丰茂、鸟鸣婉转，路旁惊现叫不出名称的飞禽，脚下遇见草蚂蟥昂头迎接来客，叶笑花含着露珠迎风招展……古老的野生茶树长着翠绿青叶，不用蒸煮，可直接入口，味甘甜，可解渴……往来踏青者往往沉醉于诗情画意中，常常迷失方向，误走野生动物自然通道，进入野生动物园区。这样一来，要费尽周折才能找回原路。

❶ 森林之美

❷ 石梯特色村寨

　　山里居住着景颇族村民，世代护育着这里的森林。他们对待森林就像对待自己的子女那样万般呵护，护林、育林和造林已经成了每个人生活中的习惯。正是因为有了这种责任感，才使得多年来石梯的环境不仅没有因为经济发展而被破坏，相反却从多个方面促进了对生态环境的保护。

　　石梯建在勒刚山腰，呈"之"字形建造，在悬崖峭壁上开凿而成，层层石板紧密相连，就像环环相扣的钢铁索道，把古今连接到了一块。盘根错节的树根把条条宽大厚实的石板裹得严严实实的，看在眼里，让人感到难于喘息。部分石板被枯枝落叶所覆盖，已难以见到石条，只有麂子、野牛等野生动物留下的脚印。真个是人迹罕至之处，禽兽往来之乡。18世纪末，英军上尉柏郎率领的以探险为名的侵略军曾驻扎在这里，遭到当地少数民族奋起反抗而被迫撤出。如今旧时驻军的地方已长出合抱之木，看不到原貌了。坐在石板上，会出现一种让人无法解释的现象：叮咚的伐木声、树木轰然倒地声、婴儿的啼哭声、人们争吵调笑声由远而近，似乎就在跟前，宛若进入了一个神奇而美妙的童话世界，使人感到这些古代遗址虽然沉隐深山数百年，依然散发着神奇的活力。至今仍等待着智者揭开它的面纱。

站在石阶上远远望见洪崩河边的几间几个世纪以来没有改变原貌的草屋,那里居住着为数不多的边民。因与友好邻邦缅甸接壤,两国边民胞波友情就像这里的河水一样清澈透明,像这里的山一样秀美淳朴,人与人、人与自然和谐相处。这里不是人间仙境,也不是繁华喧闹之地,但是,从这里可以跨出国门,饱览缅甸风光,领略浓郁的异国风情,品尝边境风味小吃,是一件十分快意的事。

　　登上石梯山顶,整个缅甸八莫坝子即刻进入视野,令人心旷神怡。回过神来,自己已经站在了两国的交界处。

❶ 茶园音符
❷ 鹿角蕨
❸ 山间小溪

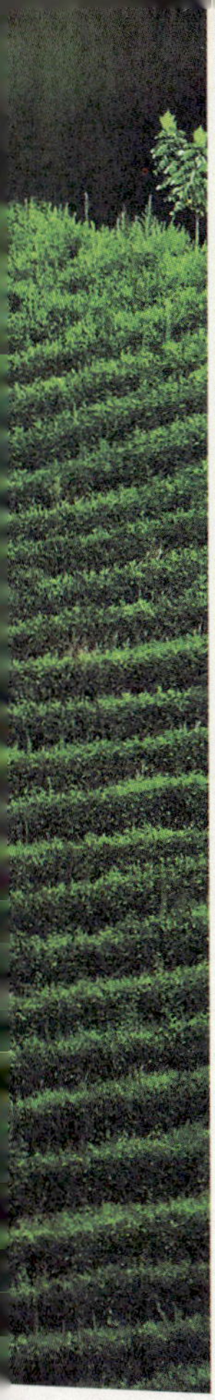

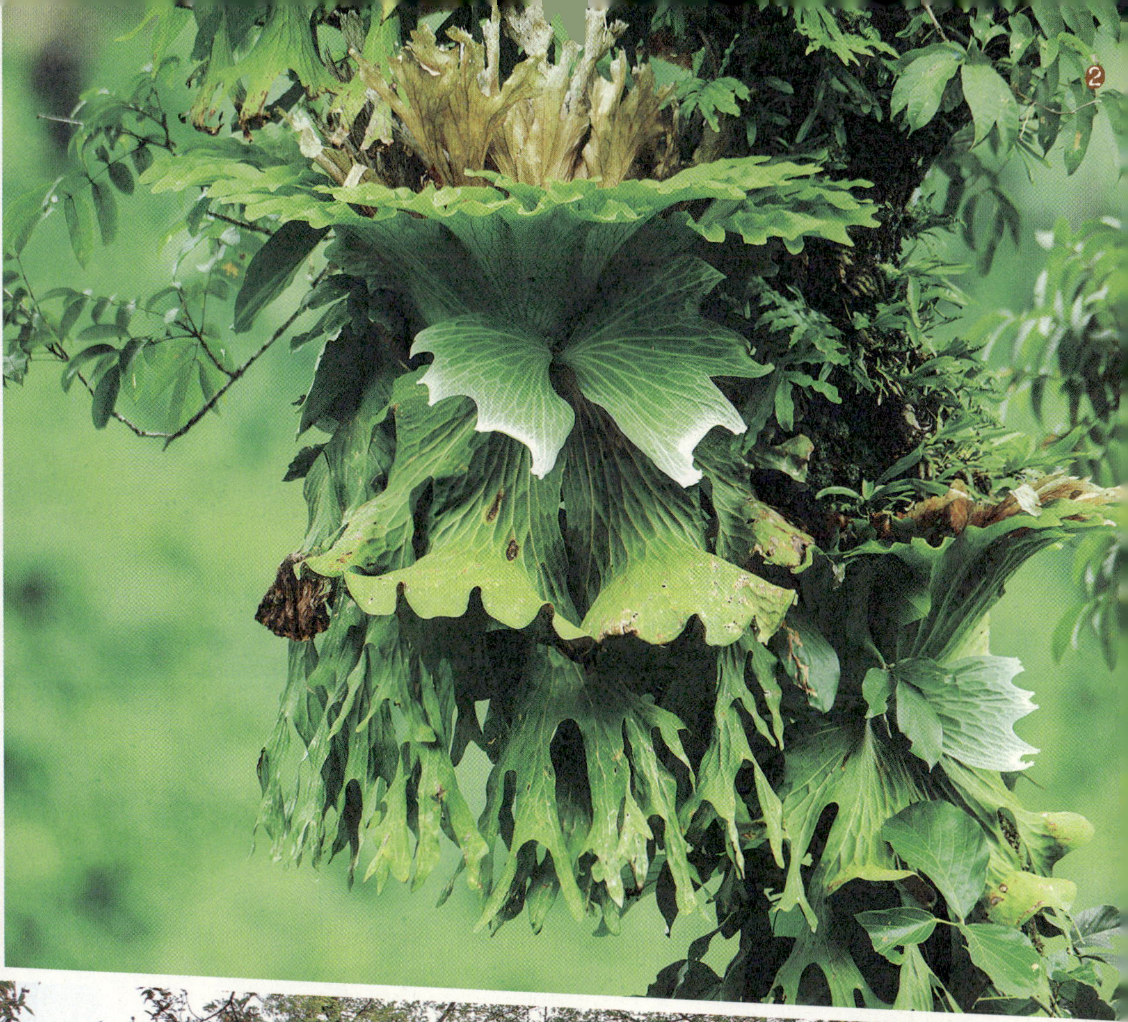

2

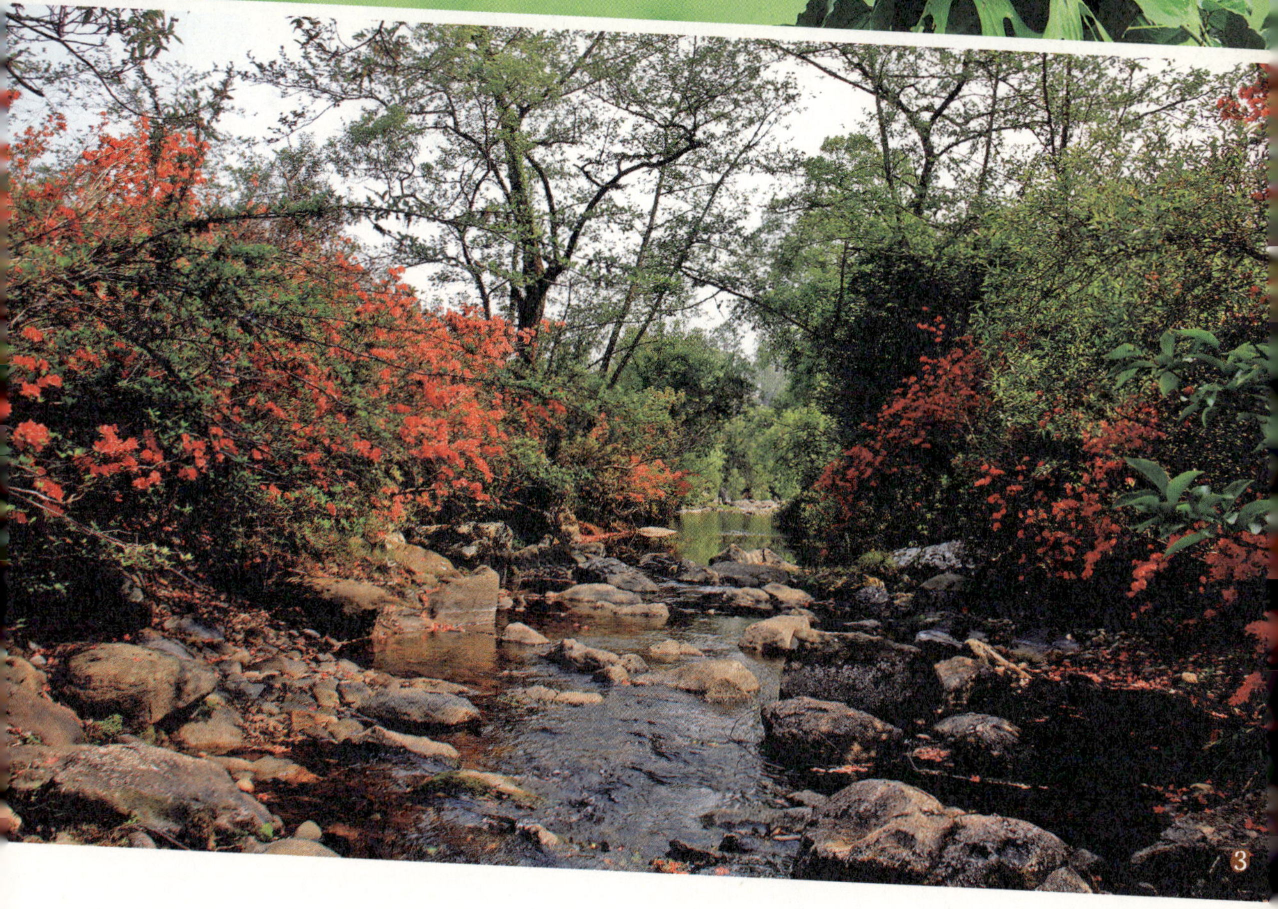

3

石梯山的夜晚异常幽静。八莫市的灯光，有如天上繁星闪闪发亮，照明了漆黑的夜空。卧在松软的落叶上，沉醉于从伊洛瓦底江吹来的阵阵凉风，一切疲劳都已消失殆尽；品尝几口景颇族人家的美味佳酿，此时不仅仅是欣赏夜景，感受到的还有古关口的神奇和静谧。

传说在这片森林里生活着"倒脚仙"，他们似人非人，有人的外貌，又具有仙的灵性。因他们的脚趾和人类长得相反，人们称他们为"倒脚仙"。他们喜欢分享人类的酒和食物，分享人类的欢乐，也会因饮酒而和人们同醉。谁也说不清楚他们现在是否存在，却为宁静的古道增添了一分神秘的色彩。

石梯村子紧邻洪崩河口岸通道，与缅甸隔河相望。村子居住着景颇族、傈僳族群众，他们在生产生活中相互帮助、共同发展。村外林木葱郁，风景优美。村内道路宽阔，新房林立，村容村貌整洁，客栈、卫生室、文化活动室等功能完善，成为独具特色的极边观鸟胜地、边境旅游山寨、对外开放交流的窗口。走进石梯村子，一块巨大

❶ 山泉花开
❷ 轻雾弥漫的早晨

石牌正面雕刻着"南方丝绸之路国内终点",另一面雕刻着"南方丝绸之路国际起点",短短两句话,让人肃然起敬,让人感受到滇西南的丝绸古道在历史长河里播下的文明。这就是自然界和前人留下的财富,历史文化遗产,它与保存完美的原始生态群落共同编织着一道道亮丽的风景。而秘境旅行的意义,就在于发现这些隐藏在乡野的秘密,寻找经漫长岁月依然闪亮的历史瑰宝。

犀鸟在等风来
——望远镜里的盈江鸟类世界

> 盈江有650余种鸟类，是全国鸟的种类记录最多的县，观鸟产业在盈江异军突起。盈江县人生动践行着"绿水青山就是金山银山"的理念。笔者作为资深观鸟者，通过文字转动望远镜的调焦轮，邀请读者一起对焦于双角犀鸟、灰孔雀雉……共同探秘望远镜里的多彩盈江鸟类世界。

屏住呼吸，沉下心来，忘掉一切琐碎，慢慢地旋动望远镜的调焦轮，直到两眼看到的图像清晰且合成一个圆，悄悄地靠近，尽量不发出一声响动，生怕惊扰到它。一人一鸟，一静一动，观鸟者和鸟儿通过望远镜拉近彼此的距离，用彼此好奇的眼神打量着对方。笔者是一个观鸟者，界内人士相互调侃戏称"鸟人"。全国数以万计的"鸟人"，用爱和美守护着飞翔的自由，守卫着蔚蓝天空和莽莽林海，喜欢却不逾矩。下面让我们随着文字，一起转动调焦轮，对焦、搜寻、探秘望远镜里的盈江鸟类世界。

在盈江，若想观鸟，大可不必担心无鸟可观。也许你家庭院的大树上的黄胸织布鸟——鸟类中的房屋建造大师，正在精心修筑着精美的巢穴。盈江位于喜马拉雅山延伸横断山脉的西南端，为高黎贡山南延支系西南余脉构成的山地地势，最高海拔为3404.6米，最低海拔为210米。地貌组合多样，地势高低突出，集北热带、亚热带和温带气候于一县，优越的立体气候孕育了盈江极其丰富的生物多样性。全世界一共有10000多种鸟类，中国有1400多种，盈江就有650多种，其中包括相当一批世界上最为华美而诱人

观鸟者说：观鸟是了解自然的一个好渠道，学会观鸟，便获得了一张自然剧场的终身门票

的鸟类：双角犀鸟、灰孔雀雉、红腿小隼、花头鹦鹉、黄嘴河燕鸥……盈江是全国鸟类种类记录最多的县，是名副其实的中国鸟类资源第一县。一次与英国观鸟友人交谈，他说："在国际观鸟人眼中，盈江是当之无愧的观鸟王国。我是英国人，我2008年就来盈江观鸟，盈江就是'中国的亚马孙'。"

抬起望远镜，调焦。30多只灰鹤正在大盈江国家湿地公园一望无垠的似飞雪的芦花丛中，或展开蓬松的羽毛一丝不苟地精心梳理，或把喙迅猛地插进清澈的大盈江中觅食，或单脚站立懒散地打个盹……落日余晖随着江水静静地消失在望远镜的尽头，安静、祥和，让人不忍心打扰。

抬起望远镜，一路向西，跑过翠绿的凤凰花大道，跨过波涛汹涌的大盈江，走过极具傣族风格的竹笆桥，调焦，已在中国消失百年的花头鹦鹉重现盈江县城周边。它是这片玉米

双角犀鸟

地的霸主，拥有明艳动人的 3 位嫔妃。它们正相互梳理毛发，时不时地发出几声轻柔的哨声，好像诉说着消失百年的故事。静静地聆听，感觉故事如此凄美，守卫、守护，我们不忍心再让它们消失。

抬起望远镜，一路向南，重访"南方丝绸之路"的通商口岸芒允古镇，挺进野性的热带雨林"中国犀鸟谷"，冲出"南方丝绸之路"国内终点和国际起点石梯村，感受"一河两国"的独特秘境风情。调焦，满山的翠绿，高大挺秀的盈江龙脑香树苍翠欲

在中国消失百年的花头鹦鹉，2016年重现盈江县城周边

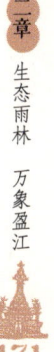

滴，这是热带雨林所特有的标志性树种，寄生的喇叭唇石斛和鼓槌石斛，花开正艳，绚丽多彩的吸蜜昆虫正在贪婪地吮吸着花蜜。忽然，两声大而粗哑的咳叫声打破了热带雨林的安静，在场的观鸟者都激动起来，但不敢发出声音，生怕惊扰到这位"咳嗽的老者"，立马循声潜伏过去。抬起望远镜，调焦，这就是我们寻找的终极目标，空中巨无霸——双角犀鸟。它正在谨慎地观察四周环境是否安全，鼓鼓的喉囊显示着它今天觅食的收获不错。它的妻子在四周树木中营巢，半个月前它整个身子钻进树洞，用泥土、粪便等封堵洞口，只留一条小缝，供其丈夫喂食，防止天敌入侵，安心孵化着它们爱情的结晶。忽然它的丈夫挥动着有力的翅膀，来到洞口，小心翼翼地将喉囊

第二章 生态雨林 万象盈江

黄胸织布鸟鸟巢，摄于盈江那邦。黄胸织布鸟是鸟类中的房屋建造大师，它精心编制的鸟巢悬吊于树枝枝条上，像极了倒挂的钟

中的无花果和其他小动物喂给辛劳的妻子，这个过程持续了20分钟。喂食完毕，它又踏上了觅食路，家庭的幸福感、责任心油然而生。

经常观鸟，世界都是美好的。鸟儿的一举一动，为花香带去了鸟语，为树影增加了灵动，为心灵打开了一扇窗户，给了我们不一样的人生视角。正准备收起望远镜时，那亘古沉默永不停息的洪崩河，驮着夕阳缓缓流淌。绿油油的森林织成一幅幅地毯，远远地伸向天际。远处的村子冉冉升起如银的炊烟。犀鸟谷满山的阔叶林在风中摇曳，枯黄的落叶，一片、两片，轻悠悠地飘落在水面上，发出动听的声音，像极了大自然乐队深沉的演出。双角犀鸟再次落到黄果树上，仰天长啸，它在等风来。

诗蜜娃底

诗蜜娃底，傈僳族语，它是值得人们游玩的地方。苏典傈僳族乡是德宏州5个少数民族乡之一，诗蜜娃底的传说就发生在这里。

苏典诗蜜娃底（黄草坝），一个充满诗情画意的地方，一个铺满黄金的美丽草原。这里景美、水秀、雾巧、花茂。那花、那风、那景、那树，真是惊艳极了，美得让人心醉……

不大的坝子里，有植被、沼泽及参天古树，白云在蓝天飘荡，雄鹰在空中盘旋，小河在大地流淌，绿树成荫，河水清澈见底，花鱼游荡，各种罕见鱼儿混杂其间；宽广翠绿的草坪上，草旺牛肥，时不时有牧童骑在牛背上，吹着悠扬的牧笛，牛羊马帮尽情放纵；山边开满了各种叫不上名儿的鲜花，蝴蝶满天飞，鸟儿放声唱……一派诱人景色，给整个草坝增添了几分姿色和神奇，给游人带来了无穷的乐趣，这就是苏典，傈僳语意为"云的故乡，大雾栖息发源的地方，圣水流出的源头"。

阳春三月，山里开满了火红的映山红、樱桃花、洋伞花、野梨花、吊兰花、雪兰花、杜鹃花等等，举目远眺，五彩缤纷，绝佳的美景，如诗如画，令人心旷神怡。每到这一时段，诗蜜娃底便会云集八方宾客，乡内乡外的各族群众穿着节日

盛装，不约而同相聚在苏典河畔和情人坡上，共度盛大的傈僳族阔时佳节。傈僳族人家将为大家送上神奇的上刀山、下火海等精彩节目，并举行射弩和打弹弓比赛，同时开展传统的荡秋千和杜塔塔等民间活动。晚间通宵达旦，喝着同心酒，你来我往地围着篝火，唱着酒歌，跳着大嘎，弹着三弦，吹着芦笙，一幅人间美景图尽情显现，处处充满着野趣。每年的10月国庆节，苏典山寨更是热闹非凡，傈僳族人家会为你送上精彩欢快的文体节目，各类活动真是多姿多彩，每个活动均披着神秘的面纱。

苏典傈僳族乡是德宏州5个少数民族乡之一，傈僳族人口占全

乡总人口的70%，诗蜜娃底的传说就发生在这里。

诗蜜娃底，傈僳族语，汉语之意有二：一是一片被群山环抱、四季景色迷人的草坝；二是头人和他妻子游玩的地方。

其实，诗蜜娃底的动人传说在苏典流传着许多，现讲述其中一个，给大家增添点神秘感。

很久很久以前，傈僳族人的祖先翻过玛落佤基（青藏高原），跨过孤独乃衣（金沙江），来到怒江峡谷的亚哈巴（石月亮），在那里苦苦找寻一片灵魂的栖居之地。一天，大娃底（傈僳族头人）的儿子小娃底做了一个美梦，梦见他带着自己心爱的恋人诗蜜（一个史姓穷人的女儿）私奔了，他梦见自己被阿爸的手下奋力追杀。他们一直跑呀跑，跑到了亚哈巴的崖顶上相互拥抱着，非常绝望地闭着双眼准备殉情。忽然，一匹阿普（神犀牛、独角兽）从天而降，驮着他俩飞过怒江峡谷，翻过高黎贡山，来到一片莽莽的大森林里。此时，天已黑得伸手不见五指，小娃底顺手在地上一摸，摸到两个怪石头，一擦就着火，原来是火星石，他俩兴奋不已。小娃底拔出长刀，砍来一堆柴，放在火里一烧，原来是一箱满满的蜂蜜。诗蜜拿着芭蕉叶叠成的水瓢去打水，竟打到一瓢满满的小鱼，小娃底不禁赞叹："这儿真是一个玛嘎木（傈僳语：非常好、非常不错的地方，今天的苏典勐嘎）。"后来小娃底掏了掏箭囊，还有五粒谷子，他找了一片宽阔的平地种下，并发下重誓，明年春暖花开时，若是这五粒种子喜获丰收的话，将请求父王带领族人迁徙到此地生存。正在梦中，突然，一声响雷惊醒了他的美梦。

第二天，小娃底把梦中的事情经过告诉了阿爸。他阿爸听后大发雷霆，把小娃底关入大牢，不再让他与诗

黄草坝一角

第二章 生态雨林 万象盈江

175

蜜见面。后来边关受到外族侵犯，发生惨烈的战事，大娃底为了不让小娃底与诗蜜见面，忍痛将他发配到边关参战。小娃底勇猛无比，英勇善战，百战百胜，但参战期间，一有间隙，便时时思念着家乡的诗蜜。后来，诗蜜将小娃底带回来的战旗拼成了一件特制衣服，穿在身上，并将玛瑙穿成串，戴在头上、腰上、胸上，于是便形成了如今的德宏傈僳族妇女服饰。这种服饰款式新颖，时尚新潮。

  边关之战胜利后，小娃底胜利归来，大娃底看了小娃底的战绩，非常高兴，决定好好嘉奖一下他，于是便问他有什么要求。小娃底说："其他什么东西都不需要，我只想娶诗蜜为妻。"大娃底听后非常难过，但还是违心地同意了小娃底的要求，并把他的头人之位传给了小娃底的大哥。后来，小娃底带着与他一块出生入死的千余名战友和诗蜜，按照他梦里的路线，跋山涉水找到了玛嘎木。他在那里找到了梦里种下的谷子，那些谷子已经发展成长势喜人的一大片稻田，悉心收割，足够他们吃上一年半载。就这样，小娃底果断决定在此安营扎寨，率领大家过着男耕女织的幸福生活。

春之舞

　　一天，小娃底拿着弓和弩，率领子民去山上打猎。他们来到一片大雾茫茫的地方，一米之内都看不到同伴。他的子民对他说："我们来到了云雾的源头，回不去了。"话音刚落，娃底突然看到了把他从梦中带到玛嘎木的阿普。他兴奋不已，带领大家大胆地一直跟着阿普走，翻过一座大山，最后来到一片流光溢彩的黄金宝地。此时，呈现在眼前的是一片被群山拥抱的墨绿坝子。大伙被这神奇迷人的美景惊呆了，绝美的景致，让人痴醉，环顾四周，依山傍水，石树成林，遮天蔽日，空气清新，云雾缭绕，到处都是树龄不相上下且实属少见的刺麻栗古树，中幼林长得郁郁葱葱。茂密的森林引来大批的野生动物，有麂子、野猫、猴子、山兔、松鼠、穿山甲，还有竹鸡、喜鹊、康鸡、燕子、布谷鸟、老鹰等，都在此和平共处，在诗蜜娃底这一独特的生态环境中栖居寻食，繁衍后代。此外，这

块美丽的家园到处开满了各色鲜花，香气袭人，各类野果漫山遍野。特别值得一提的是，隆冬季节，整个草坝全都变成了白色，就好像走进了浪漫的童话世界。向上望去，只见无数鸟儿叽叽喳喳热闹无比，若是春游玛嘎木，便会观到百鸟欢聚的奇观，构成一道亮丽的风景。

娃底回到山寨以后，召开族人大会，向族人宣布，云雾很浓的那个地方叫苏典，阿普带他们去的那个美丽草原为诗蜜娃底，不许任何人去草坝打猎。草坝的古树是傈僳族人家的神木，会给大家

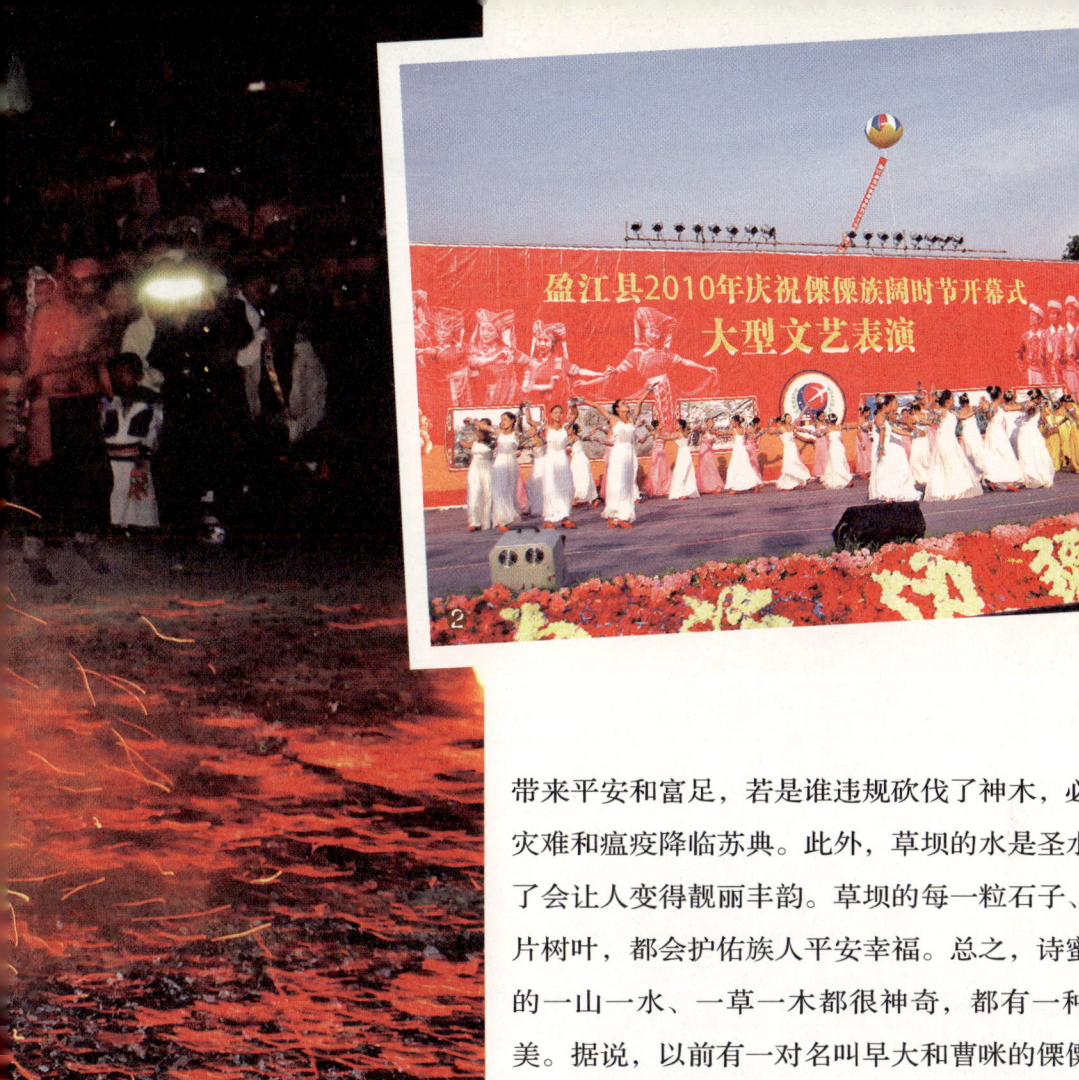

带来平安和富足,若是谁违规砍伐了神木,必将有灾难和瘟疫降临苏典。此外,草坝的水是圣水,喝了会让人变得靓丽丰韵。草坝的每一粒石子、每一片树叶,都会护佑族人平安幸福。总之,诗蜜娃底的一山一水、一草一木都很神奇,都有一种野性美。据说,以前有一对名叫早大和曹咪的傈僳族夫妇喝了这里的圣水,喜得一白白胖胖的帅小子。后来,大家就把这条河叫作玛撇落,即不会让人衰老和衰败的河。后来,勤劳善良的傈僳族人家世代保护这条"母亲河",以表对阿普的感激之情。就这样,苏典和勐嘎的傈僳族人家,世世代代未曾破坏过那片美丽神奇的黄金宝地,直至如今。

盈江美,苏典美,诗蜜娃底的传说更美。

❶ 下火海
❷ 2010年阔时节开幕式文艺表演

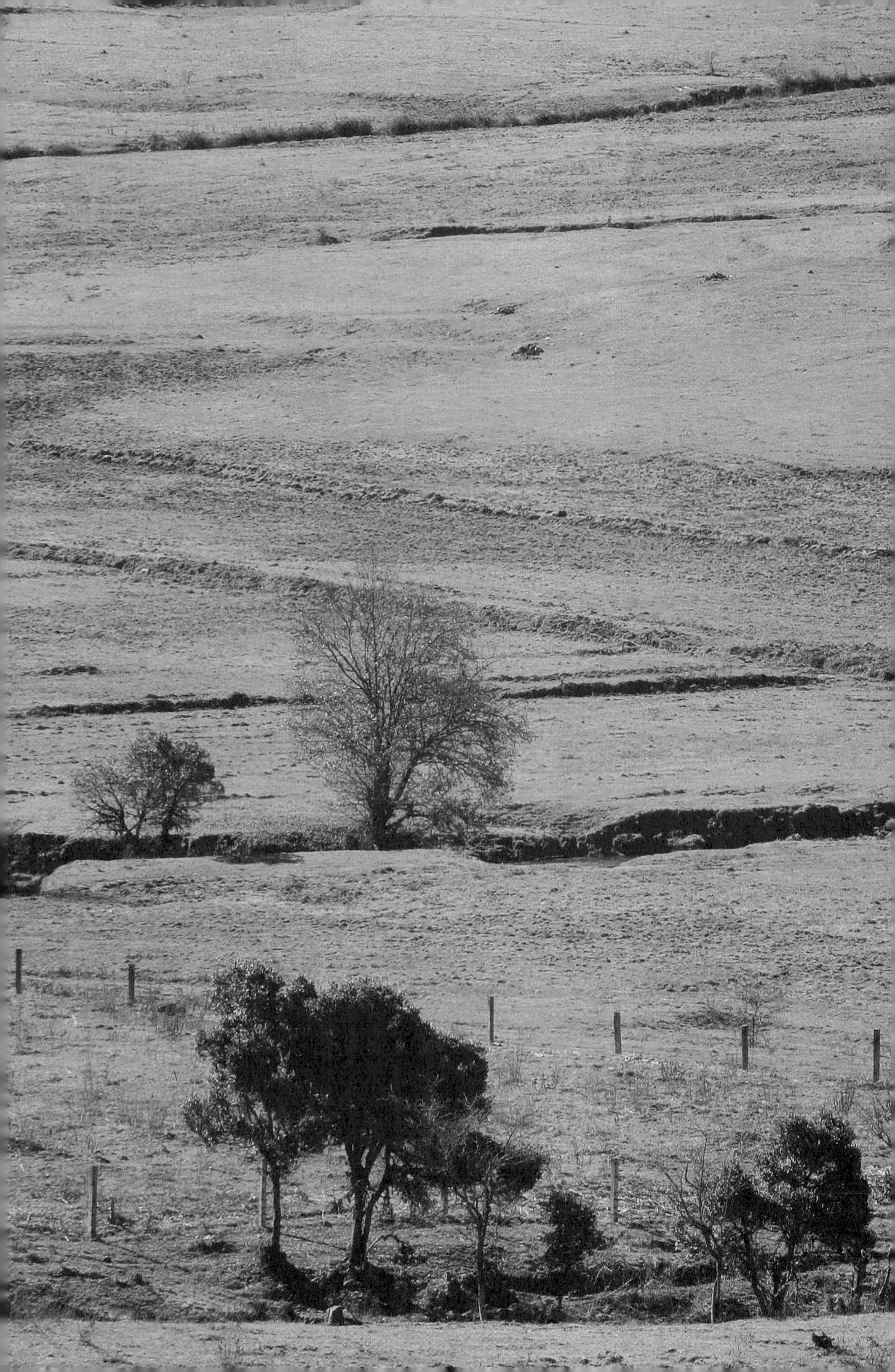

诗蜜娃底

黄草坝的疙瘩树

> 黄草坝的疙瘩树，有一种天然的美、顽强的美。夏日里，疙瘩树伸展弯弯曲曲的臂膀，用碎碎的叶子把太阳屏幕撕扯得粉碎，然后将光和热如碎银般播撒在地上，抑或把凶狠的雨帘挡住，让雨水均匀地洒在地上……

5月，笔者乘着中巴离开酷热难当的亚热带坝子。昏昏欲睡间，一股清新的空气把我逗醒，一看，喘着粗气的中巴已经驶上海拔1800米的黄草坝，这是一片开阔的山区小盆地，被一条公路当心穿过，直通苏典傈僳族乡。

黄草坝，沼泽地、沙石地、石灰岩同在，灌木林、疏林地、修竹、芳草并生。草地上，马儿、黄牛、羊群努力啃食青草，多么宁静。不过，黄草坝也有其特别之处——疙瘩树。

黄草坝的疙瘩树形成一条长数千米、宽仅几百米的生长带，疙瘩树既可以和杂树杂草相依相伴一块儿生长，也可以独立地生长。初见这种树，让人有种特别别扭的感觉，因为它长得丑。夏日里，疙瘩树伸展弯弯曲曲的臂膀，用碎碎的叶子把太阳屏幕撕扯得粉碎，然后将光和热如碎银般播撒在地上，抑或把凶狠的雨帘挡住，让雨水均匀地洒在地上；秋天里，它轻轻地抖落身上的叶子，把土坎子、树洞子、牛足迹填塞得满满的，铺上一层绒绒的地毯；冬天里，树干上、树枝上裹着厚厚的霜花，经过太阳照射，融化成一粒粒的珍珠，落在地上，渗入土中，让疙瘩树的根系汲取它、保存

它。疙瘩树也经过火的考验，不知谁烧荒把杂树杂草给烧光了，把疙瘩树树桩烧焦了，肚子烧空了，可是只要还有一层薄薄的皮，它就会努力愈合伤口，等到春天又继续抽枝发叶，吐出氧气，创造平衡，把一切奉献给人们。

疙瘩树，形丑质美，一种天然的美、顽强的美、逆境的美。疙瘩树，没有索求，只有奉献。我赞美你，疙瘩树。

❶❷ 黄草坝的疙瘩树

第二章 生态雨林 万象盈江

❶ 黄草坝

❷ 疙瘩树林

中国橡胶母树

> 1904年，刀安仁从马来西亚引进的橡胶树，打破了之前一些外国专家学者所谓的"中国不能种植橡胶"的论断。现今新城凤凰山腰仍然挺拔的这棵橡胶树，被誉为"中国橡胶母树"。

在新城凤凰山腰有一棵特别高大的橡胶树，虽年代久远，却仍然挺拔苍翠，枝叶纵横，郁郁葱葱，被称为"中国橡胶母树"，被列为国家重点保护树种。

橡胶母树树高25.1米，胸径2.97米，树冠覆盖面积294平方米。这是刀安仁于1904年从马来西亚引进的，它的存活打破了当时一些外国专家学者所谓的"中国不能种植橡胶"的论断。正是这棵橡胶母树的坚强的生命力，才繁殖了中华大地上早期的橡胶林。

《刀安仁年谱》作者刀安禄先生生前证实说："第一批引进橡胶树一事，刀安仁等一伙人攻守同盟，绝对保密……1906年的大批公开移植是由于1904年试验移植几棵长势良好才大量移植。"

中国橡胶母树

凯邦亚湖好风光

> 一块很大很大的翡翠，镶嵌在原来的戛独河上，原先的河流顿时化成一片 7.96 平方千米的汪洋，昔日的洋伞河坝变成了知名的旅游景点。宽阔的水面上，53 个小岛星罗棋布；若干半岛羞涩胆怯，清幽静谧……

传说中的蓬莱仙境究竟有多美，笔者无缘观赏，而盈江美不胜收的凯邦亚湖景观，却使人难以忘怀，真有些"风景这边独好"的感叹。

远远望去，大盈江坝尾西岸的座座山峰，犹如一排高高的城墙，护卫着户宋河电站的蓄水库——凯邦亚湖。

从盈江县城到那里的路有两条，一条是到达太平街后，沿着龙盆、铜壁关的国防公路便可到达；另一条是先到芒允，从马嘉理事件发生地出发，沿着蜿蜒的山间公路行驶 9 千米，一组壮丽的景观就会展现在眼前。

一块很大很大的翡翠，镶嵌在原来的戛独河上，河流顿时化成一片 7.96 平方千米的汪洋；宽阔的水面上，53 个小岛星罗棋布；若干半岛羞涩胆怯，清幽静谧；周长 52.6 千米的湖岸，似一条彩带，把湖水与周围的青山紧密相连。

乘坐游艇，在湖中行驶，悠然自在。左一个小岛，右一个小岛，又来一个小岛；一个半岛，又一个半岛，再一个半岛。小岛与半岛形态各异，各不相同，有的挺立湖中，有的微露水

❶ 凯邦亚湖好风光

面，令你眼花缭乱。

蓝色的天空和远处的湖水融合在一起，秋水与长天一色。小岛上盛开的各种鲜花，在阳光的照耀下，清晰地映在湖面，形成奇观。

湖区空气清新，夹带着几丝古朴的芳香，特别凉爽自在。用手捧起湖水吸上几口，特别甘甜。游在湖中，能不时遇见成群的鱼儿跃出水面向游人致意。怪不得一些喜欢钓鱼的钓友常常带着渔具与食品，从30多千米以外的盈江县城来此"过把瘾"。据说有几位高手，辛苦一天能从湖中钓起30多斤鱼，除大饱口福外，还可增加收入。

❷ 凯邦亚湖的记忆

若到岸边游览,木瓜树、梨树等果树举目可见。如果你还想了解这一带的历史,那么,很多真正了解历史的人会告诉你:这一带以前叫洋伞河坝,有着许多真实的故事,有的,鲜为人知。

凯邦亚湖的风光,让不少游客流连忘返。

第三章
边关故地　人文荟萃

不知你是否听过"直过区"景颇山官歌唱毛主席及盈江各民族丰富多彩的山歌；不知你是否知道大娘山下的"光邦"、阔时木瓜——上刀山下火海、摆利璋、"帕兰荼莎"和傣戏发祥之地干崖，南算大鼓；不知你是否品尝过盈江三味，是否到过中华翡翠毛料城去试试运气……

景颇山官歌唱毛主席

老一辈共产党人在景颇族、傈僳族等少数民族聚居的山区和各类生产力发展低下、土地占有不集中、阶级分化不明显的地区和村寨，不进行土地改革、不搞阶级斗争，而实行直接过渡的特殊政策后，积极认真做好民族团结、教育和改造工作，使边疆民族地区的社会发生了历史性的变化，得到了景颇族山官的拥护和歌颂。

"一区两站立边关，二十八乡绕个圈。盈江莲山与盏西，四十二寨镶中间。"这是笔者考证"文化大革命"之前盈江县"直过区"布局时写的几句话，也是2004年全省8个州市24个县市开展"直过区"调研时盈江县的调研成果之一。

20世纪50年代以"出经验、出政策、出干部"为特色开创德宏新时代的老一辈共产党人，认真贯彻"慎重稳进"和"团结、生产、进步"的民族工作方针，结合边疆民族地区的实际，对以景颇族、傈僳族等少数民族聚居的山区和各类生产力发展低下、土地占有不集中、阶级分化不明显的地区和村寨，不进行土地改革，不搞阶级斗争，而是依靠广大少数民族群众互助合作，发展生产，逐步改变其原始落后状况和旧的生产关系，实现历史性的跨越，直接过渡到社会主义。党中央对直接过渡特殊政策极为赞赏，毛泽东、周恩来等老一辈革命家带头鼓掌表示赞赏。

实践中，在阶级分化不明显的山区实行直接过渡政策之后，如何认真做好民族的团结、教育、改造工作，是"直过区"逐步消灭剥削、顺利进行社会主义改造不可缺少的一项重要工作。1957

2004年召开的盈江县"直过区"老同志座谈会

年6月1日下午开始到6月5日，历时4天半的盏西地区"直过区"民族会议，就是成功的范例。

为何召开会议

实行"直接"过渡政策，使大多数民族的政治利益和经济利益都受到不同程度的冲击。山官收取官烟费、保头税、指派官工的特权，也有了不同程度的变化，魔头的杀牛祭鬼也随着科学文化、医药卫生的影响逐步被代替。同时，由于各族群众觉悟的提高，当家作主的热情日益高涨，很多山官、头人亲眼看到群众一天一天地觉悟起来，担心将来政府到底怎样做，不知道他们将来的前途怎样。加之敌特的造谣中伤和有时民族统战工作跟不上形势的发展，故让山官及头人产生了摸不清党的长期团结政策到底能团结多久，普遍产生各种疑虑甚至抵触等不满情绪。

宝石岭岗洞撒赵德明说："过去工作队常来找我，现在来

2003年10月14日，在盏西工作过的部分老同志合影留念

得少了。"

荣给科说："合作社好我也信的，就是现在还不得入，帮工也叫不着。"

弄坡山官雷瓦汤弄说："二天（以后）政府还要不要我当乡长？"

由于看不见前途，思想上越来越抵触，如过去曾放弃剥削特权的李扎糯会前感到后悔了，说："过去听共产党的话错了，保头费不收了，枪也交光了，儿子也被改造了，日子一天不如一天好过了。"

于是，一些山官暗中威胁互助合作运动，有的借口生活困难勤收保头费、官烟税，有的蓄意将几十年前的旧事翻来造成纠纷，争田夺地，拉牛闹架，诸如此类的民族纠纷先后在盏西发生过十多起。

根据这一情况，为化阻力为助力，有必要在盏西召开一次比较广泛的会议，目的是通过向他们交代党在"直过区"的方针政策以及党对民族的长期团结政策，从而使各民族集中力量发展生产，以

盈江县庆祝建州暨省民族工作队进驻盈江工作60周年文艺晚会

便协商解决或制止纠纷，进一步教育争取他们。为此，中共盏西区委邀请了8个乡各方面的民族人士110人，实到会的有87人，其中有景颇族大小山官54人、头目13人，傈僳族头人6人，汉族当权绅老11人，基督教会3人，除23人无故不到，其他应邀的主要人员基本到齐。

歌颂共产党歌唱毛主席

会议一直注意正面教育思想工作，在总结工作成绩的过程中，强调党对民族的团结、教育、帮助，以及用民族中的进步人士的实例去鼓励他们看清前途。

在先进教育落后的影响下，对山官的保头费、官烟税和魔头的杀牛祭鬼问题，很多进步人士都表明了态度。

刚由民族学院学习回来的崩懂山官排正升说："有剥削民族不能团结，有剥削就过不到社会主义，当山官、莫陶的人都是剥削在前，党的长期团结政策是团结进步，不能团结

剥削。"

"我老李才当一个小小的乡长，都不剥削人了，汉子家说的话，说了就不要骗人。"在保头费、官烟问题上，过去曾放弃而又想翻案的李家山山官李扎糯也表示不要了。

原来弄坡山官雷大明想借口跳嘎做摆准备收一些保头费，也在会上表示不收了。

很多莫陶都发言表示要积极生产劳动，支持发展生产，愿在今后祭鬼打卦中尽量少杀牛，多用鸡鱼，或用杀猪来代替杀牛。

爱国乡璋刀寨莫陶金老六说："我是不想搞，人家逼着来叫才去的。这两年我打卦最大的只用过猪，还有神药两医的，单我打卦送去找医生的都救活了3人了。"

有少数为了解决生活困难靠念鬼为业的莫陶，思想斗争也是剧烈的，有的说："莫陶是不想当，少少的一点才找吃。"

❶ 盏西槟榔江竹桥
❷ 目瑙纵歌是景颇族的传统盛会

景颇族古式服装女子队

茅草寨荣江英说:"不土改,土地入社也是改,学习了政策,心都宽了一些。为了民族的发展,我也要过社会主义嘛!"

勐外山官排早弄说:"我什么心也不有,毛主席的路才是走得对的。"

原来怕叫不着工而有顾虑的宝石岭干洞撒荣给科说:"互助合作好我也相信的,就怕不得人帮,又请不到工,这回才放心了。党的政策摆明是团结,只要我们好好听共产党的话。不走这条路,还能走哪一条?"

支那山官荣拉丁还表示要好好支持合作社,他说:"合作社是共产党、毛主席来撒下的种子,我们要爱护、扶养它长大。"

普关山官李扎糯回忆过去民族落后时生活的贫困、不团

结，他痛心地说："过去是鸡蛋不算菜，山头不算人，我们连人的地位也没有，还讲什么团结平等？"

支那石分寨山官荣拉丁说："解放前我们的日子是一半玉麦（玉米）一半米，顾得肚子冻着身。解放后毛主席、共产党不是给口粮，就是给农具，一个人好像过了两辈子。"

帕撒山官李早稳说："我们景颇族，解放前是无娘的小鸭水上漂，解放后是有娘的小鸡怀中抱。"

更为动人的是他们行动上流露出的真情，每天晚上都自行将会场当为摆场，用民间的礼节跳嘎舞刀，团团地围着一转又一转跳着，唱着他们最爱的歌舞（办喜事才跳的歌舞），唱着"阿能"毛主席，"阿能"共产党……60多岁的团结乡中寨洞沙尚英崩，高兴得像儿童，领唱"阿瓦"共产党，"阿努"毛主席……

❶ 景颇绿叶宴
❷ 狂欢的"瑙双"

丰富多彩的山歌

盈江县少数民族风情浓郁，傣族、景颇族、傈僳族、德昂族等民族能歌善舞，传统文化底蕴深厚，特别是各民族山歌的内容丰富，旋律流畅，质朴自然，形成了独特的人文景观。

盈江山多，山歌也多，各民族都有自己独特的山歌。

"喊麻"，一般是小卜冒串小卜少（小姑娘）时唱的傣族山歌，音调平和，节奏明快，旋律流畅，质朴自然。

"直狂"，是景颇族载瓦支系山歌之称。"恩准"，是景颇族景颇支系山歌之称。景颇族山歌大都随编随唱，歌词具有即兴的特点。歌曲开始为引子，节奏自由而悠长，衬词、正调节奏较为紧凑，旋律具有宣叙特点，气息宽广，往往形成前松后紧的对比关系；歌曲音域宽广，旋律起伏较大，音乐婉转抒情而又热情奔放。

"思佳木刮"，是傈僳族山歌之称，内容多以思念亲人、回忆往事及情歌题材为主。歌曲节奏自由，旋律悠扬，演唱持续音时常做颤音处理，别具风格。

"格尔"，是德昂族山歌之称，其特点是速度缓慢而平稳，节奏自由，旋律优美抒情，发声轻而柔，歌声委婉动听，亲切含蓄。

汉族山歌多流行于县境西部山区，其中昔马山歌最为有

"爱家乡·颂德宏"本土歌曲歌唱比赛

名。曲之始，虽是一个邀唱性的小引子，却是全句的最高音。曲调特点以句首的最高音直线下行至句末的最低音，旋律忽起忽落，犹如山洞瀑布，大有一泻千里之感。节奏悠长，音域宽广，音调高亢。1988年，昔马歌手蒋加芬参加在北京举办的"全国第二届农村歌手大选赛"，获民歌二等奖。

盈江山歌，十分普遍，歌词大都即兴创作，内容丰富。以

爱情题材为主的山歌，群众称为"风流歌"，不允许在寨子里、房前屋后或长辈面前唱，一般只能在山间、地头唱。

中华人民共和国成立后，特别是改革开放以来，各族歌手创作了许多歌颂共产党、歌颂社会主义、歌唱新生活的歌曲，赋予了山歌新的内容和生命，受到各族群众的欢迎和喜爱。

❶ 各族群众听山歌
❷ 昔马山歌会会场一角

大娘山下之光邦

　　大娘山著名，大娘山下的光邦也很有名。光邦是原始宗教和现代文明的结合体，伴随着大娘山下支那傣族人民走过了风风雨雨，亦是傣族群众意识形态领域中某种心愿的载体。今天"光邦"方兴未艾，鼓声隆隆，魅力四射。伴随着时代发展的脚步，"光邦"正以其隆隆的韵律引起世人的关注和重视，彰显其无与伦比的独特魅力。

　　在很久以前，一群傣族先民迁徙到大娘山下拓荒僻地，建立家园。这时，人类与野兽的共存，发展出现了矛盾，人们在生产生活中时时受到威胁，原始简单的自卫工具难以抵御猛兽对生命的伤害。

　　传说，在茂密的原始森林里，野兽张着血盆大口扑向一个孩子时，救子心切的母亲在危急关头顺势抓起木棒敲打一颗空心的老树，发出轰轰声，并手舞足蹈，哭喊着求救。这时，奇迹出现了，本无人性的野兽像着魔似的俯首于这位有着伟大母爱的妇女面前，之后转身溜走了。

　　此事一传开，人们百思不得其解，一棵空心老树竟有如此巨大的威力？朴实的人们以为这是上天的保佑和指引，帮助他们找到了最好的自卫武器。于是，便把这棵空心的老树抬到家中进行加工改造，并用猎获的兽皮蒙住，宝贝般珍藏起来，遇有野兽出没便敲击，居然每次都鬼使神差地吓跑了野兽，因此人们更加崇拜爱护它。后来，人们索性找来许多优质的木材凿穿两头，用优质的牛皮蒙住两端，成为大鼓的雏形，傣语称"光邦"，即大鼓之意。

制作光邦

　　光邦因为驱赶野兽、进行自卫目的而产生,人们赋予它灵性并作为一种思想上的崇拜对象,包容着一种原始的宗教色彩,在生产生活过程中形成了人们最原始单调的娱乐工具,人们配以各种能发音的简单器皿敲击,铿锵作响,倒也怡然自得,其乐融融。随着人类的生息繁衍,人丁不断兴旺,相继又有人迁徙而来,便分散居住,自成村落,每村一面大鼓必不可缺。一个村子有事,便擂鼓相报;逢年过节,以鼓祝贺。光阴荏苒,日月如梭,大鼓敲奏的节奏旋律自成一套,擂鼓时配以铓、镲,节奏激越强烈,犹如隆隆战鼓,催人振奋。

　　为了方便,人们把形体大而笨重的大鼓改造成结构一样但轻巧的小鼓,傣语称光邦,仅在盈江县支那乡傣族地区流传。

　　光邦的制作过程体现了傣族人的生活习俗和原始宗教色彩。其选择木材、牛皮等都很严肃认真,制作时间一般为傣历关门节期间的某一个初一或十五。这天,全村人都集中到奘房做准备工作,老人给佛祖烧香供斋祈求平安,给寨神献上酒饭,请求不要因为喧闹而降罪人们。小伙子磨好刀斧,小姑娘

备好酒饭,这时一位德高望重的老人或召蛮唱起《砍鼓歌》,歌词大意是:"唉啰唉,今天是个好日子,大家一起上山砍树做我们的鼓,没有鼓的村寨人们会笑话,上山要得到寨神的保佑,砍树要得到山神的允许,包好午饭,磨亮刀斧,敲起鼓来打响锣,赶走孤魂和野鬼。唉啰唉,鼓树要用向阳树,树木要用岭干木,树干要有三抱粗,树枝莫有野藤缠,树杈不栖大毒蟒,树尖没有鬼神过。唉啰唉,这树是棵吉祥树,大家一起砍来做我们的大鼓,没有响鼓的村寨人们会嘲笑,用树要得到树神的允许,凿鼓莫用不干净的木头,拿起刀斧轮流砍，找好树藤一起拖。唉啰唉，今天是个好日子，寨神保佑得顺利，山神允许用树木，树神愿意做响鼓，大家一起献酒饭，平安拖到寨里去，放到我们的大桊来。唉啰唉，今天是个好日子，鼓神已降临到人间，快请鼓匠来帮忙，做好响鼓人们夸，敲到哪儿哪儿响，唉啰唉！"

光邦一般用楠木、攀枝花树等优质木材和晒干的小母牛皮做成，鼓体呈圆锥状，两端鼓面一大一小，鼓长100厘米左右，直径分别为23厘米、15厘米左右，整个制作过程基本上按照《砍鼓歌》的意思完成。

光邦鼓点敲击形式。当鼓手要敲击光邦时，须将拴结于鼓两头的绸带横跨于脖子上，将光邦横跨于胸前，而后以左、右手分别敲击鼓面。左手手掌拍击左边鼓面，右手执一小木棒擂击右边鼓面，似有低音和高音混合，鼓音相互衬托、相互铺垫。鼓点敲击形式主要有五种：一是左手拍六次，右手敲击一下，形成"啾啾啾，啾啾啾，隆"的节奏，如此反复循环；二是左手起拍二次，右手执棒上下擂击鼓面，形成"啾啾，隆隆隆"的节奏，如此反复循环；三是左手起拍二次，右手有节奏地擂击，形成"啾啾，隆隆，隆，隆隆，隆隆"的节奏，如此反复循环；四是左手起拍三次，右手执棒擂击一下鼓面，形成"啾啾啾，隆"的节奏，如此反复循环；五是左手起拍二次，右手执棒上下敲击鼓面，形成"啾啾，隆隆隆，隆隆，隆隆，隆隆"的节奏，如此反复循环。第五种鼓点表示鼓手要稍息一会儿的意思。

在敲击光邦时，双脚亦要有相应的动作，形成左、右脚前后踏进，似有欲进不进、欲退不退的脚步拍子。正是独特的鼓点，似虚似实的步伐，形成了光邦表演原始古朴的韵味，呈扬扬得意、欢天喜地之态。

每逢农历腊月十五，各村寨都要进行庄重的修鼓仪式。村里的青年头把全村的年轻人集中到桊房，请来老人先给佛祖烧

青年男女一起练光邦

香，再敲响三声鼓作为修鼓仪式的开始，年轻人或擦洗鼓身或上油或抽紧皮条或调节鼓音，把鼓修复到最响最美为止。从腊月十五这晚起，每当你进入支那坝，便会听到隆隆的鼓韵，那就是支那乡傣族人敲响光邦，直到新年才停，表达人们辞旧迎新的喜悦心情。那时每个男子都必须亲手敲响鼓声，把美好的心愿融入鼓声中。

大年三十是个不眠之夜，是锣鼓喧天的夜晚。光邦的鼓韵，是对新年到来的欢乐，总希望美好的神灵第一个来到家中。这是一种寄托，而光邦则是心愿的载体。

大年初一的鼓声就是人们对新年伊始的真诚祝福。在支那的傣族村寨，人们都已穿着节日的盛装，随着长长的光邦鼓队走村串寨拜大年。鼓队首先来到"勐神"的神位前烧香拜年。所有光邦队拜完"勐神"之后，才分别去各村各寨拜年。

敲锣打鼓地走村串寨拜大年是支那傣族人最重要、最隆重的文化艺术表现形式之一，人们以最高的礼仪相互祝福。每到一个村寨，全村男女老少早早迎候于寨门，敲起光邦、放响鞭炮、端起酒

筒，捧着鲜花夹道欢迎。这是场面宏大、情感真挚的最高礼仪祝福，是光邦鼓心语的交流，也是少男少女相互表露情意的机会。情窦初开的少女打扮得花枝招展，翘首张望意中人在鼓队中的表现。在支那，傣族小伙子不会敲鼓是很没面子的事，将意味着得不到姑娘的青睐和芳心。所以，每个小卜冒都倍加珍惜展现自己的机会，使出最拿手的技艺，踏着几进夸张的鼓步，潇洒地挥动鼓槌，伴着富有节奏的鼓点，将力与美带给观众和意中人。此时，按照传统的方式，多情的小卜少便借机把

❶ 拜年
❷ 进奘房祈福

准备好的美酒敬上，暗送秋波，赠送信物。于是小卜冒身上便多了一些显眼别致的点缀，如精致的剑穗、手帕、琴弦等，这是一份情深意长而圣洁的爱，也包含着光邦的见证和祝福。

每个村寨的奘房是光邦祝贺队的驿站，人们总会停下来烧香拜佛，祈求来年平安吉祥、万事如意。

每年大年初二的摆场光邦大鼓赛，是支那坝人最重要的盛会。大清早，人们敲锣打鼓地从四面八方聚到庙房，看谁家技高一筹，若能载誉而归，那是全村人最大的荣耀。德高望重的名师被邀请做裁判，比赛以淘汰的方式进行，优胜劣汰。细心的人都会发现，此时不仅听音质的好坏，还需看鼓手敲鼓的技巧。鼓手与大鼓能融为一体，方能进入绝妙境界，这便是优秀鼓手的出色表现。当尘埃落定，最后的优胜者产生时，全场鞭炮燃放不绝，欢呼声、鞭炮声不绝于耳。

比赛结束，按比赛结果排名先后，一村连一寨

❶ 光邦队应邀出席多项活动
❷ 千人光邦

抬着大鼓，进场敲鼓。鼓手雷响鼓音，全村青年小伙子们围着鼓呐喊狂欢，双手挥舞，迈开步伐尽情地跳，有的跳老鼓舞，有的跳嘎秧舞，激情之至，齐声欢呼，酣畅淋漓。每到此时，各村寨拳师总会跳进圈子里，耍几套拳脚以助兴，看热闹的人群把现场挤得水泄不通。

在当地傣族群众中，新居落成、红白喜事、通桥仪式等也都需要光邦的参与。在平日里，全村人在田间地头休息或劳作，只要听到大鼓声响，便知有事，不约而同地奔拢在一

起。在人们心目，中大鼓是号角，是凝聚力，出工、救火、防洪等都离不开它；大鼓声是一根无形的心弦，总能把人们牵在一起；它更是一股强大的向心力，总能把人们紧紧团结在一起。光邦魅力无穷……

  光邦在支那有着深厚的群众基础，招之即来，来之能演，娴熟的表演技能让观者叹服。光邦鼓队曾被邀请参加第四届昆明国际旅游艺术节开幕式，2次被邀请到昆明世博园进行为期8个月的表演，应邀参加了德宏州建州50周年州庆开幕式和每年的德宏州、盈江县傣族、德昂族泼水节开幕式，还应邀到缅甸木姐、南坎等地参加庆典活动，成为中缅边境人民友谊的使者。

  昨天的光邦，伴随支那傣族从远古走来；明天的光邦，将以更独特的魅力面向世界。

伴随光邦一起跳

阔时木瓜：上刀山、下火海

平地上燃起了一堆大火，映红了围观群众的脸。柴烧尽，留得一堆通红的火炭。下火海者光着脚板、光着手，一个跟着一个跳跃着入场，在滚烫的火堆中跳跃、翻滚，并用双手捧起火炭，一时火花四溅。但下火海者一点烫伤的印迹都没有，一切完好如初，这就是傈僳族传统的表演绝技——阔时木瓜：上刀山、下火海。

祖国西南边疆多民族、多节日。傈僳族人上刀山、下火海的绝技表演，是一种直观的、活生生的感受。1995年2月8日至10日，在大盈江畔的允燕山麓举行傈僳族的阔时节，有傣族、景颇族、德昂族、阿昌族、汉族等各民族群众3万余人前来参加节日。傈僳族组成千人歌舞队，有芦笙舞、三弦舞、跳嘎、打秋千、射弩、抛叶球等，欢天喜地，一展新一代的风采。

2月9日，风和日丽。就在木多依纪念塔一侧，在一派欢呼声中，刀杆竖起来了。刀杆高度12米，44把锋利的长刀被捆绑成一磴磴的刀梯。刀口一律向上，那刀是事前上刀山的师傅们一把一把亲手磨的。刀杆往年是木杆，如今以钢管代替。刀杆上挂有很多小彩旗和小花朵，做成红红绿绿的花树，抬头望去，挺立的刀杆直刺云天，寒光闪烁，万名观众拭目以待，在场地四周层层叠叠、水泄不通地围着，等待师傅们上刀山的惊人举动。那刀山能不能上，有的相信，有的不相信，半信半疑者自然有之。腾冲市有傈僳族刀杆节，是这次

节日特邀前来盈江表演的。上刀山的师傅是古永的余海旺、蔡旺常、蔡海仓3人。他们个个都是强悍的傈僳族汉子，十分豪爽。年纪最大的师傅是余海旺，时年58岁，已经儿孙满堂。另外两个师傅年富力强，是后起之秀。20世纪80年代，他们曾到广东广州、海南等地表演。前来盈江进行表演活动，先后已经好几次：第一次，是木多依纪念塔建成竣工的1987年2月阔时节；第二次，是1990年2月阔时节；1995年2月，是师傅们第三次前来为阔时节表演。百闻不如一见，现在观众可以一目了然地看师傅们再一次上刀山的特技表演。首先，师傅们一个跟着一个蹦跳着入场了，蹦跳着绕刀杆一圈。他们的鞋袜早已脱去，脚板光光的。一身傈僳族装

❶ 神圣之火
❷ 晨曦之时苏典下勐劈民族文化广场一角

喜迎八方宾客

束，用红布带子束紧腰际及膝裤。他们的双手也不做什么防护。刀杆下摆着一张桌子，余海旺师傅率先上刀山。他纵身站在桌子上，把光脚板亮给观众瞧，把双手也伸出来叫大家看。接着，就是一步一步上刀山了。他的赤足踩着锋利的刀口，两只手紧捏住上一磴的刀口，手、脚、身都显得巧妙协调、沉着坚定，每一步每一个跨越都要历经千难万险。但他以无畏的气概努力攀登着，登上了刀杆顶端，头不昏、眼不花，随手点燃早已挂好的一串鞭炮。万众欢腾，欢呼声、鞭炮声、掌声响成一片。他接着念一番口词，然后分别向四个方位投掷鲜花束，再来一个高超的绝技，双手扶住顶杆来了个身子倒立。艺高人胆大，火枪队32支火枪举向天空，嗵嗵嗵鸣放起来，祝贺他的胜利。万名观众欢声雷动！刀杆上去了，还要下来。我们再来看看余师傅是怎样从顶端下到地面来的：他从刀梯的另一面，手扶刀刃，脚踩刀口，一步一步退下来。下到那张桌子上，他把脚亮给观众看，他的脚无伤；他把两只手伸出来叫大家瞧，他的手也完好。第一位师傅上去了，接着是第二位、第三位师傅依次上刀山。他们光脚、光手努力攀登，个个身轻如燕，上下自如，他们的手脚和身体丝毫无损。观众无不惊叹、折服，当然也有人猜测和议论："那是气功！那是神功！""可能脚底板老茧厚！"

你说是哪一种功呢？我说，人聪明，智慧无穷。无论你怎

上刀山表演

下火海表演

么说，哪怕脚底板老茧多么厚，哪个敢赤足踩刀口呢？这是留给人们的一个难解之谜。

接下来让我们来观赏师傅们下火海的情景。当晚9点多，在木多依塔一侧平地上燃起了一堆大火，熊熊大火映红了围观群众的脸。柴烧尽，留得一堆通红的火炭。这是名副其实的下火海。下火海者还是上刀山的那三个师傅：余海旺、蔡旺常、蔡海仓。师傅们光着脚板、光着手，一个跟着一个跳跃着入场，在滚烫的火堆中跳跃、翻滚，用双手捧起火炭，一时火花四溅，弄得满地火花。人们担心的依然是他们的手、脚烫坏没有？结果一点烫伤的印迹都没有，一切完好如初。

除上刀山、下火海外，师傅们还能歌善舞呢。他们将大家组成热烈的跳嘎舞蹈队，纵情高歌，歌声一浪高过一浪。乐天派余海旺还到广播室与人对歌，唱得动情："在上刀山的这一天，下火海的这一日，难见的朋友见着了，难寻的乡邻相逢了，不用拍胸也感动，不是哭泣泪也落。阿公在河里安踏石，

❶ 整装待发的嘎头
❷ 傈僳族汉子

阿祖在火中支跳石，时光好我们踩过来了，日子好我们跳过来了……"

阔时节期间，我访问过上刀山的勇士们上刀山、下火海的源流。师傅余海旺这样说："我们上刀山、下火海那是纪念明朝王骥将领，到现在已有500多年了。"史书有记载：明朝初期麓川封建领主叛乱，给边地各民族带来灾难。因此，明正统六年（1441年）至正统十四年（1449年），朝廷派兵部尚书王骥去征讨麓川。王骥几经统兵作战，终于打败了分裂主义者。这就是震惊中原的三征麓川事件。

❶ 2016年德宏盈江傈僳族阔时节暨诗蜜娃底乡村旅游音乐会开幕式

❷ 热闹的体育比赛

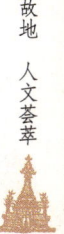

在傈僳族山区，流传有"王尚书玛米"之说，"玛米"，傈僳语意为故事。故事说那次战争打得很激烈，打到了很远的地方去。一直穷追猛打，打到缅甸密支那大江边，残敌跳过了江，王尚书的追兵追到了江边，可是没有了江桥。于是勇士们用石块做成桥，一块接一块一直接到对岸。追兵们冲过江去，彻底消灭了残敌。

战争胜利了，收兵回营。王骥对士兵们说："今晚睡觉时一定要用石头做枕头，不要用土块。"天不亮时，大队伍神不知鬼不觉地就往回走了。大部分用石头做枕头的士兵醒得早，跟上了大部队，而用土块做枕头的士兵却睡着了，回不来了。回不来的士兵，从此就成了那里的先民。

王尚书率兵回归，回到朝廷，按理应该得到热烈的欢迎，然而谁能料到，此时朝廷内部进行着一场争权篡位的斗争，一个奸臣用毒酒把王骥毒死。卫兵们很悲痛，决心处死奸臣。机

灵的卫兵这样设计:把王将军的尸体装扮成活人,靠椅而坐,跷起二郎腿,嘴含一支箫,箫管里放进几只活蜜蜂,那箫就咿咿呜呜响着;鞋里放进几只活老鼠,脚就一动一动的。

那奸臣从门缝偷看王将军到底死了没有,他看见王将军还在那儿跷脚乐乐地吹箫呢,因此他怀疑王将军喝过的酒可能没有毒。于是马上溜回宫廷,试尝王将军喝剩的酒,酒刚下肚,奸臣即刻倒地,一命呜呼!

所以从那时起,傈僳族中就以上刀山、下火海的活动来纪念王骥将领,并立了牌位,以鞭挞黑暗势力,歌颂光明。

场面壮观的千人三弦舞

五百多年的岁月，推进到了今天。腾冲市傈僳族年年过刀杆节；龙陵县傈僳族以余永才为代表的上刀山师傅，能上刀山、下火海。不仅傈僳族能上刀山，其他民族也会上刀山，大姚县昙华山举行上刀山时，彝族师傅董培忠脚踩刀口闯刀……

　　刀杆精神体现了各族人民不畏艰难险阻、勇往直前的气质，是对时代的热忱赞歌。

摆利璋

摆利璋是傣族的一个传统佛教祭祀节日，意为佛爷坐着白象到各村寨送佛恩、祝福、福音，为群众消除灾难，让群众过上幸福生活的宗教活动。至今，仅有芒允村保留和举行这一祭拜活动。

历史渊源

相传很久很久以前，在美丽富饶的大盈江坝尾有个戛另戛连国，勤劳善良的傣族人民在那里世世代代幸福美满地生活着。普天下的所有道路不全是笔直的，人世间的所有生活都有挫折和不幸，吉祥的戛另戛连国也不例外地遭遇了天降苦难：连年旱灾、洪涝、草木枯萎、庄稼颗粒无收、饥荒遍地、瘟疫泛滥、盗贼四起，成千上万的百姓四处逃难，全国上下笼罩着死亡的气息，面临灭亡的危机。国王得到禀报，紧急召集丞相、国师、佛爷商量对策并查看天书。大家分析的结果是：在美丽的大盈江坝头我们的友好邻邦独达那国，人民安居乐业、物产丰富，社会和谐安定，与戛另戛连国是天上与地下的区别。据说时刻保佑独达那国平安、无天灾人祸的是由佛爷召伟善饲养的成群结队的红牙白象，因此应请求独达那国赠送些白象。有了白象，戛另戛连国也将得到佛祖保佑，天下四季分明，雨水充实，谷物丰收。国王听后，即派

使臣前往独达那国求救。善良的独达那国佛爷召伟善听了来使的诉说，十分同情邻邦的不幸，将一公一母两头红牙白象送到戛另戛连国，并乘着吉象在全国所有村寨念诵佛经降福神。戛另戛连国赶了七天七夜的"摆"隆重庆贺白象的到来，全国百姓敲锣打鼓喜迎佛爷召伟善和红牙白象。从此，戛另戛连国风调雨顺、国泰民安，百姓过上了幸福的生活。为感谢独达那国、佛爷召伟善和纪念白象到来的日子，国王颁发召令，将傣历每年的8月14日、15日、16日定为一年一度的摆利璋。

活动情况

据芒允村户允社波王后（现年76岁）、波保顺（现年80岁）、波板（现年70岁）等老人叙述，摆利璋仅在芒允举行，从祖辈延续至今已有200多年的历史。赶摆内容丰富多彩，全村百姓自发组织开展各种活动，如演剧、唱歌跳舞、耍拳弄棒，热闹非凡。在古代，摆利璋时，佛爷乘坐的是驯养的大象，传到现在，改为抬着用竹器编扎的传说中的红牙白象到各村去摆利璋。正式摆利璋是在傣历8月15日这天，早上出发前，全村已正式入教的老人在佛爷的带领下向象征佛爷召

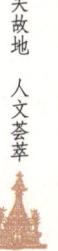

❶ 念《召伟善经》
❷ 诵经献供

伟善乘坐的竹编道具红牙白象烧香诵经。鸣放三声坐炮后，中年人抬着红牙白象，随着佛爷，伴着象脚鼓声，一大队人马到达集市游街降福，百姓纷纷向红牙白象行佛礼、诵经祈求平安，敬献水果、鲜花、财物，围绕大象载歌载舞。晚上，又从芒允大奘房开始，依次到附近各村寨摆利璋。活动场所主要在奘房，无奘房的村社选择宽阔的地方举行摆利璋仪式。首先，由德高望重的老人带头诵经敬拜，贡献水果、鲜花、财物；其次，全寨男女老少敲锣打鼓、唱歌跳舞、耍拳弄棒；最后，摆上水果、斋饭，共聚吃晚饭。仪式结束后，本寨的部分老、中、青年人一同向下个寨出发，直到所有的寨子都摆利璋完才传来。摆利璋队伍有百余人，两三点才集中到芒允大奘房庆贺。现今参加摆利璋的有七个寨子，顺序依次是：从饲养公象的芒允出发，先到饲养母象的三联社，其后是户拉社、户允新社、帕沟、费东拉、蛮哈来、芒哈来东。16日，七个寨的入佛老人（信教人）一起集中在芒允大奘房听佛爷诵念《召伟善经》。据传此经一旦开篇诵读，无论多长时间都必须全本书诵读完，否则当年摆利璋的目的就不能达成，佛祖不但不降福，甚至会带来灾害。

❶ 亲近山水
❷ 游走村寨
❸ 演练傣拳
❹ 展示棍术

文化价值

　　摆利璋是传统傣族佛教文化的一种表现形式,其由来烙印着浓厚的宗教色彩,从傣族群众宗教信仰角度也体现出对佛祖的虔诚,而红牙白象是人们对幸福生活追求向往的一种心愿载体。从念诵经书的要求来看,反映出傣族群众文化传承在奘房佛教活动中占有重要的位置;从制作白象道具方面来看,反映出傣族群众具有很高的民间绘画、编制、制作等手工艺水平。摆利璋已有两百多年的历史,是傣族佛教文化的一个缩影。

景颇族"帕兰茶莎节"

"帕兰茶莎节",又称"凯努斑朵节"。以前是景颇族青年男女交流思想、增进友谊和相互传达情感的聚会活动,后来逐渐发展成为在农忙前,群众聚在一起相互交流经验、鼓劲打气、祈福丰收、增进友谊的节庆活动。

传说,在父母包办婚姻的时代,有一个男青年的父母为他娶了一位他从没见过的女孩为妻,结果这对青年男女婚后感情和生活无法融合在一起,结婚好多年了也没有行夫妻之实,父母和亲戚朋友都着急而无奈。寨子的年轻人知道此事后,便决定设法创造机会撮合这对夫妻,让他们早日结出爱情的硕果。于是,年轻人商量后决定用借物传情、寄情于物的方法撮合这对夫妻。当时,寨子里的一户人家刚建好了新房,年轻人以庆贺新房为借口,组织大家在新居的公房里育玉米苗。育玉米苗象征着新事物、新事业、新生命即将诞生,以物庆贺新居建成的主人家。对于那对夫妻,寨子的年轻人则希望他们从此夫妻相爱,早生贵子。在播种玉米时,让那对年轻夫妻带头,然后成双成对地在花篮里垫上新鲜绿叶,装上泥土,祈祷许愿后,播下玉米种子。大家祝新居主人新居百顺、子孙满堂、永世安康;为自己祈祷平安吉祥、事业有成、爱情甜蜜;祝愿那对年轻夫妻早日过上幸福美满的婚姻生活。大家共同约定,如果播下的玉米种子发芽成苗,就一起收割并举办活动庆祝。数十日后,播下的玉米种子都生根发芽,长势

喜人，这意味着大家在播种玉米种子时许下的心愿都实现了。于是，大家开始筹备举办庆祝活动，并称为"凯努斑朵节"。节日时，男人们上山打猎、下河捉鱼，准备干巴等肉类；女人们准备水酒、鸡蛋及采摘新鲜嫩茶、枇杷嫩叶等春菜原材料。

举办活动当天，男女青年到野外去采杜鹃花、兰花、斑色花等奇花异草。到傍晚时，全寨人聚到新房中开始活动。女人们兑水酒、舂春菜，并把舂好的菜用绿叶分包，再用白天采回

❶ 采茶忙
❷ 载歌载舞

来的奇花异草和玉米苗配好后，用红、黄、绿三色绒线扎好；男人们布置会场，准备好乐器；老人们围坐在火塘边聊家常、讲述历史。等一切准备就绪后，人们让那对年轻夫妻给参加活动的人敬酒，分发春菜包。长者祝愿年轻夫妇永结同心、多子多福、白头偕老，祝福大家来年风调雨顺、五谷丰登，阖家幸福安康。大家一边品尝春菜、水酒，一边唱起优美动听的山歌，自娱自乐。

经过这次活动以后，年轻夫妇开始相爱，过上了幸福美满的生活，新房主人也百事顺利、健康幸福，一切都如大家所愿。从此以后，人们把这个节日延续下来，并逐渐影响到其他寨子，活动的内容和形式也逐渐扩展，成了固定的节庆活动，名称也由原来的"凯努斑朵节（意为玉米苗节）"改为"帕兰茶莎节（意为春茶节）"。

如今的"帕兰茶莎节"，已不只是撮合培养夫妻感情、庆贺新居落成那么简单了，它已发展成为人们交流思想感情、凝聚人心、巩固传承民族传统文化的重要平台。

❶ 青年男女一起春茶
❷ 欢庆丰收

干崖：中国傣戏发祥之源

中国傣戏发源于光绪初年的干崖，开始为汉戏译傣文，后经历了由民间文学、经书、叙事长诗以及傣戏唱本的发展过程。其主要传承了盈江傣族民主革命先驱刀安仁先生创立和改编的傣戏剧目，主要是以象脚鼓、铓锣、钹为主的多种乐器伴奏。傣戏唱腔有说唱、对白、动作比画等。傣戏主要反映劳动人民的生产劳动和生活习俗等方面的内容。傣戏表演形式灵活多样、生动活泼，内容短小精悍，具有浓厚的生活气息和民族特色，深受广大傣族群众的喜爱和欢迎。

学生欢迎傣戏到村寨演出

1931年之前的盈江称干崖，是中国傣戏的发祥地。傣戏萌芽于光绪初年的干崖，开始为汉戏译傣文，后经历了由民间文学、经书、叙事长诗以至傣戏唱本的发展过程，基本是傣族文人、和尚完成其文学剧本的创作。最早的《跳柳神》《布腾那·雅送毫》《十二马》为传统傣戏的萌芽，至清代道光、咸丰年间，傣戏已形成。从光绪年间开始，通过宗教集会、商业交往、串亲访友、土司之间联姻及民间艺人的传艺等多种渠道，傣戏向其他傣族居住区传播。

帕专法承袭土司职后，号召地方有创作能力的人，把汉文演义、小说、滇戏改编为傣戏剧本，目前农村业余傣戏团演出的汉族题材的大本头戏（连台本戏）大都是当时传下来的。帕应法承袭土司职后，组织了十多人的创作组，包括能文的佛爷和农村中的傣族文人，采取分散回家创作、定期交稿、交稿时一次付给报酬的办法，先后创作和移植改编了《阿暖相勐》《陶禾生》《朗画帖》《龙官保》《朗高罕》《混批盏米》等傣戏剧本，并成立了男子傣戏班和女子傣戏班，

❶ 大型文体活动都有傣戏演出

❷ 结合节庆活动开展的傣戏演出，深受群众喜爱

并派人到腾冲请来"玉林""罗猴子"两个滇戏班子的师爷传艺，使傣戏有了生、旦、净、丑行当。傣戏在演唱上增加了一些调子和唱腔，在化妆上采用了滇戏的部分脸谱，采用滇戏道白和锣鼓节拍，还派人到昆明买回整套戏装、道具和乐器，男女戏班合并演出傣戏，轰动一时。

中华人民共和国成立后，傣戏业余演出发展较快，出现了村村寨寨演傣戏的热潮。1958年12月，盈江新城业余傣戏队参加了在大理举行的西南民族戏剧观摩演出，参演傣戏《千瓣莲花》受到大会奖励。这是傣戏有史以来第一次登上国家戏剧舞台。这一时期傣戏发生了巨大的变

❶ 傣戏演出服装的制作是一门传统手工艺，从布料、染色到绘画等，质量要求高、工艺精细、制作时间长

❷ 傣戏活跃在乡镇演出的舞台上

化，剧本、音乐、唱腔、表演、舞美都得到了大的突破。在傣戏音乐中有目的地使用了丝竹乐器，一改过去傣戏无丝竹伴奏而只有锣鼓伴奏的状况，大量吸收傣族山歌、情歌、民间曲调，丰富了傣戏唱腔，改变了原来仅有男腔、女腔的单式戏调结构，发展为曲调连缀的复合式唱

腔结构。在表演方面，傣戏根据人物思想感情的表达，选取舞蹈身段动作，吸收了傣族的孔雀舞等民间舞蹈，使表演收到了较好的戏剧效果。剧本创作着力于塑造人物形象，改变了老傣戏剧本实则唱本的状况。党的中共十一届三中全会以后，傣戏再次进入繁荣昌盛时期。盈江县文工队派出专业人员下乡辅导，使全县傣戏演出活动迅速发展起来，出现了一大批常年坚持活动的傣戏演出队。

❶ 傣戏培训
❷ 傣戏排练
❸ 乡村少年宫开办民间傣戏培训

"格楞当"之南算大鼓

德昂族是一个能歌善舞的民族，有着丰富的民族民间音乐文化、绚丽多姿的民族文化风情。民间音乐文化在德昂族的历史文化、生产生活当中扮演着非常重要的角色，发挥过重要的社会作用。"格楞当"之南算大鼓是德昂族文化的象征，诉说着沧桑往昔，牵动着遥远记忆，抒发着新时代豪情，奔向灿烂的明天。

德昂族是典型的山地少数民族，为盈江县世居民族之一。先民属白濮族群，汉晋时称闽濮、苞蒲，唐称扑子蛮，元明称浦人，清朝和民国时期称崩龙。1985年9月，根据本民族意愿，经国务院批准，更名为德昂族。德昂族舞蹈、音乐、诗歌等传统文化保留相对完整，其中水鼓、大鼓在历史发展长河中依然焕发着独特的魅力。

水鼓，德昂族语称"格楞当"（德昂语"格楞"意为鼓，"当"意为大），也叫大鼓。德昂族先民南迁时遗留下的大鼓，现存放于盈江县弄璋镇南算奘房里面，鼓身全长为2.8米，鼓头直径为1.22米，鼓尾直径为1.05米，由一整棵树掏空制成，用牛皮做鼓皮。大鼓制作的年代可以追溯到明代末期，至今为盈江县境内最大的木鼓。据南算村民祖辈相传，过去南算村没有傣族居住，周围有十多个德昂族村寨。德昂族南迁后没有把大鼓带走，而是把大鼓留在了奘房里。傣族陆续迁入南算村后，迁到这里的村民并没有把大鼓遗弃。

南算大鼓有着精美的外观，是一种古朴精致的工艺品。

制鼓人需经过繁杂工序，一面大鼓才能制成。如砍树前祭拜山神，告知伐树的用途，以示人类对大自然的敬畏；取材时间为农历七月至八月最佳，树龄必须十年以上，"状元红"为首先；用刀去皮，用锤子和凿子千锤百凿把木材中心凿空；开水孔是鼓发声的秘密所在，为保证圆孔的大小和光滑，用火烧铁棍钻孔；用炭灰水浸泡牛皮三天，去掉牛皮上的油渍，把皮绷紧放在架子在屋外晾干；用桑

椹果汁和捣碎的木炭搅拌多次后给鼓身上色；将金刚藤浸泡水中，稍微让其膨胀，去藤刺，做成圈，用整张牛皮把藤圈包裹，制成鼓面；从牛皮边缘剪下几条牛皮条，在水中浸泡，再加上用树汁制成的防腐药水；用皮条依次穿过上下鼓面边缘，两鼓面连接完工后，慢慢将皮条拉紧，这时需要两个人，一人拉绳，一人打结固定。鼓做成后，要拿到佛教寺庙前进行祭祀，才能变成神圣的礼器，受到德昂族人的世代供奉。

击鼓前，要在鼓皮抹上黄稀泥，向鼓身灌入适量的水，用木塞子堵好水口。敲击时，发出乓乓乒乒的声响，其音色低沉悠远，振奋人心。大鼓是德昂族举办节庆活动、祭祀活动不可缺少的器物，古代还广泛地用于召集族人集合共商大事、战场发号施令。每逢节庆活动、祭祀活动、召集族人商议大事、高寿老人去世

❶ 各族群众一起欢度泼水节
❷ 参加盈江县泼水节活动的德昂族研究学会代表队

鼓之魂：敲响大鼓，共庆泼水佳节

时，都会在广场上敲击，鼓声气势磅礴，极富热情，具有较强的感染力。每次敲打发出的声音，方圆三百多米的地表都在颤抖，犹如德昂族悠久的文化在历史的山谷中的回音。由于敲击大鼓时发出的音量能使地表颤抖，时常使全寨的鸡、鸭、鹅下的蛋无法孵化。为了解决这个问题，村民们把鼓尾锯去30余厘米。鼓身缩短，之后鼓声带来的震动减小了，村寨的鸡、鸭、鹅下的蛋才能正常孵化。

节庆时，德昂族群众敲木鼓，而鼓舞相结合的群众舞蹈，动作敏捷，节奏明快。舞蹈的内容主要反映了劳动生产和劳动过后的欢乐情景，恰似一幅浓郁的民族民间风俗画卷。

伴随着新社会的到来，低沉雄厚的鼓声再次响彻村寨的每个角落，德昂族人如沐春风，焕发新的活力。几度岁月，几度风雨，春蚕破茧而出，大鼓响彻云霄，唱响着历史变迁，书写着德昂族群众在党的光辉照耀下繁荣发展。

鼓之舞

盈江三味

盈江各民族风味饮食丰富多样,形成了富有特色的饮食习俗,酸、甜、苦、辣各有特色。巴榔、撒苤、火烧猪是当地群众喜爱的美食,是招待客人的上等菜。从村寨到闹市,从农家小厨房到大餐厅,但有一千双手,就会有一千种制作的味道。品尝美味的每一个瞬间,无不用心创造,代代传承。

缘分巴榔

巴榔是傣味烹饪鳝鱼类的傣语称谓,是盈江傣族招待客人的上等菜。但有一千双手,就会有一千种巴榔的味道。傣味烹饪无比神秘,难以复制。从村寨到闹市,厨艺巴榔的传授仍然遵循口口相传、心领神会的传统方式。傣族祖先的智慧、家庭的技术和心诀加上食客的领悟,美味巴榔的每一个瞬间,无不用心创造,代代传承。傣族的巴榔都是野外找寻的,是傣族小伙或大叔最喜欢的一种休闲找乐的形式。极致的美味只留给最勤劳的人们,挎上专门为捉野生巴榔编制的竹篓,脱掉上衣,在野生巴榔出没的泥潭,深一脚浅一脚地找寻,这不仅依靠捕捉者丰富的经验,更要依靠这一天的好运。

野生巴榔的做法很多种,洗净、切断、单纯盐渍,根据烹饪者的喜好可以做成不同美味的巴榔,如油炸、煲汤等。巴榔和大多数美食一样,都是不同食材的组合碰撞产生的嬗变。用傣族上

❶ 鳝鱼
❷ 制作鳝鱼美食

好的植物油将巴椰油榨至金黄，再加上傣族用黄豆和糯米经发酵特制而成的酱（酱在其中起到了丰富巴椰汤汁的作用），加上辣椒、姜、花椒等作料调制而成的巴椰底料，待底料沸腾后加上野生的香菜、韭菜、芹菜、鱼腥草、茴香等众多蔬菜，这些蔬菜吸取了丰富的汤汁，混合着秘酱和巴椰的芬芳进入人们的口中，填满人们对美好食物的无限向往。

生活、工作、生产、劳作，调动着人们的聚散，中国人把这个叫作缘分，愿你和巴椰也有这样美好的相聚。

撒苤——傣族"工夫菜"

讲起傣族菜，很多人的印象是酸、辣，其实酸和辣又怎么能全面反映出傣族菜的精髓呢？比如傣族菜中有一道传统菜，

其名撒苤，它和多数酸辣的傣族菜不同，带点苦凉，吃起来非常爽口，深受德宏当地人和外地游客的喜爱。

撒苤，是傣族饮食文化中一张亮丽的名片。提起撒苤这道菜，到过盈江或对盈江有所了解的人对它并不陌生。但是，在以前很长的一段时间里，许多外地游客对它敬而远之，其主要原因是撒苤传统是采用生牛肉制作，外地游客因怕吃生肉而对撒苤敬而远之。其实不然，它是用生牛肉和牛苦肠熬制出的苦水加香料制作成蘸料，加入米线、牛肚、菜叶等搅拌均匀后食用的一道凉拌。因牛苦肠水具有丰富的百草营养成分，且有清热解毒、健脾开胃和抗瘴气的功效，初食微苦，再食回味甘甜，加之配以具有药效作用的植物，便成了一道口味极佳的药膳食谱。

在德宏，尤其是在盈江，不管是正餐、午饭，还是夜宵，总能见到撒苤这道菜，因其爽口，深受当地人的喜爱。有些人为了能吃

撒苤

上一套口感较好的撒苤，可以驾车到几千米甚至几十千米外的餐馆或者撒苤店购买一套几十元的撒苤。近几年，随着外来游客的增多，越来越多的外地人对撒苤有了新的认识。许多游客来到盈江都要尝一尝当地原汁原味的撒苤。有的游客在尝过盈江的撒苤后，对其念念不忘，只要得空，就会带着家人、朋友或独自一人"打飞的"来盈江吃上一套撒苤。

可能有人会说，现在外地也有很多傣族饭馆，只是吃一套撒苤，何必这么折腾？但是你却不知道，傣族人在制作撒苤时需要加入当地一些特有的配料作为辅料，而部分配料不易长时间保存，因此外地傣族饭馆制作的撒苤口感上有所不足，要想吃到最地道、最正宗的撒苤，还是要到盈江来。

撒苤，在傣族菜中有"工夫菜"之称。傣语中，撒的意思是凉拌食物，苤的意思是食草动物的苦肠，因此用食草动物苦

撒苤

肠入菜制作的凉拌食物称为撒苤。

傣族传统的撒苤是选取上好的牛肉，用木槌打成肉泥，在此期间将打出的肉筋去掉。之后，将细嫩的韭菜去汁切末，加入打好的肉泥中搅拌均匀，加入辣子面、盐巴、芫荽等作料制作成蘸料。然后是制作苦水，一般是将牛苦肠在锅里焙干，有香味后加入清水煮涨，然后过滤掉杂质，待苦水放凉，加入蘸料搅拌均匀后食用。一套完整的撒苤还需要有辅料的搭配，一般是熟米线、牛肚丝、牛肉片、生菜叶等。为满足大家对口感、味道、食材和制作工艺的追求，在原有撒苤的基础上，柠檬撒、油辣子撒、撒达鲁、茄子撒、鸽子撒、苦子撒、蚂蚁撒、蚂蚁蛋撒、蜂蛹撒、竹虫撒、血撒、撒帽、鱼撒、刺五加撒、橄榄撒等各种撒相继被创新出来。但是，这些撒因缺少食草动物的苦肠入菜，只能称为"撒"，而不能称为"撒苤"。撒苤因其做法耗时耗力，所以在傣族菜中有"工夫菜"之称。

火烧猪

无论是20世纪50年代到盈江、莲山、盏西开展工作的老革命，还是20世纪60年代末上山下乡接受贫下中农再教育的知青，或者是改革开放后来此经商、旅游、谋生的朋友，讲到盈江美食，许多人赞不绝口的就是盈江火烧猪。如果到盈江，火烧猪是必须尝尝的，不然的话不算到过盈江。

火烧猪，原本是盈江傣族人民的传统名菜，由于风味独特，食

一大块火烧猪肉，让人垂涎欲滴

盈江美食：火烧猪

之难忘，深受广大美食爱好者的喜爱，逐步在全县各民族中流行开来。无论是逢年过节、婚丧嫁娶，还是走亲戚、串朋友，火烧猪是盈江人的餐桌上必不可少的，否则就不是办事待客之道了。

傣族人好酸辣，善用香料，一道简单的菜在他们手中能变幻出不一样的风味，火烧猪就是一个极具诱惑的杰作。

用来做火烧猪的猪，要选择当地品种的土猪或小耳朵猪，肥瘦适中，毛重一般在20—35千克为宜，否则大了肥腻，小了腥滑。刮毛开膛后，用洗净的香茅草、缅桃叶、野香菜等等拌上食盐，塞进猪肚子里，直至腹鼓如初，用细铁丝将刀口缝合，外面糊上灶灰和盐水调成的稀泥，用竹竿或铁棍将整个猪穿起来，就可以上火烧烤了。其过程，要边烧边翻转，把各个部位都烧到。刚开始烧时，还要记得用尖刀或竹签把猪周身戳开一些小口子，以防止烘烤加热之后，整个猪皮开肉绽，那样烧出来的猪品相就不好看了。待猪烧到表皮焦黄时，整一桶灶灰，加上食盐，用水调成浆，一边烧一边往猪身上刷灰浆，使整个猪糊上一层厚厚的灶灰浆。这样既能避免猪的表皮被烧煳，又能保证热力持续。烧得差不多了，这才撤去明火，把整猪埋进热炭灰中焐上半小时左右后取出，剥掉外面的灶灰浆，掏去肚腹中的草叶，冲洗干净，重新置于火上烘干水分。这样，一头金黄灿烂、皮焦里嫩的盈江火烧猪就摆在了你面前。

调制出上好的蘸水与之匹配，也有讲究。蘸水一般使用纯正的米醋或腌菜膏，也有用酸笋水熬浓增酸后做成的，在酸水中加入蒜泥、生辣椒米、煳辣椒面、切碎的鱼腥菜和大芫荽、盐、味精、鲜酱油，还要用火烧猪上最嫩的里脊肉剁成泥调进去，方为正宗。

蘸水做好，把火烧猪连皮带肉从骨架上剥离，切成薄片，便可蘸着吃。皮子又脆又香，还带有一股缅桃的香味，一嘴下去，满口生津，五味俱全，尤其是那肉焦香、回甜、鲜嫩的口感和滋味，强烈刺激着你的味蕾和食欲，让你欲罢不能。

至于取下来的猪骨头，还有肠肚、猪血，又可加上酸笋、魔芋、洋芋、四季豆、野香菜等等，煮一大锅杂菜，别有一番滋味。

中华翡翠毛料城

盈江，地处中国西南边陲，与缅甸接壤，是国内翡翠玉石毛料集散地之一。自 2008 年开始，盈江就建成了云南省首个翡翠毛料公盘交易市场，至 2019 年 7 月累计举行 55 次公盘交易，成为国内最有影响力的翡翠毛料公盘交易地之一。2011 年 12 月 7 日，中华全国工商业联合会金银珠宝业商会授予盈江"中华翡翠毛料城"的殊荣。

"翡翠"一词，来源于一种美丽的小鸟，人们用其羽毛拼嵌在首饰上，称为"细翠"，因其美丽而被称为"翡翠"。由于翡翠玉石具有多彩迷人的光泽，深受人们喜爱，故把这种玉石称为"翡翠"。无论是观赏还是收藏，人们对于它的热爱程度丝毫不亚于其他珠宝玉石。

盈江，是中国距缅甸翡翠毛料基地帕敢玉石场最近的口岸。从 20 世纪 80 年代以来，缅甸翡翠玉石毛料通过边贸渠道进入盈江，国内外珠宝商云集盈江，让这个边境小城成为国内最主要的翡翠玉石毛料集散地之一。

盈江的翡翠毛料在于一个"融"字。盈江与缅甸翡翠矿山帕敢相近，独特的区位优势使翡翠毛料通过边境口岸进入这座美丽的城市。盈江珠宝协会每年组织珠宝商参与缅甸内比都翡翠公盘交易，把中上等翡翠毛料从内比都公盘运入盈江，并在盈江举行第二次公盘交易。缅甸、印度等国的珠宝商往来于盈江，北京、河南、广东等地的珠宝商长期驻扎于盈江，这些南来北往的客商在盈江异常活跃，从事翡翠毛料

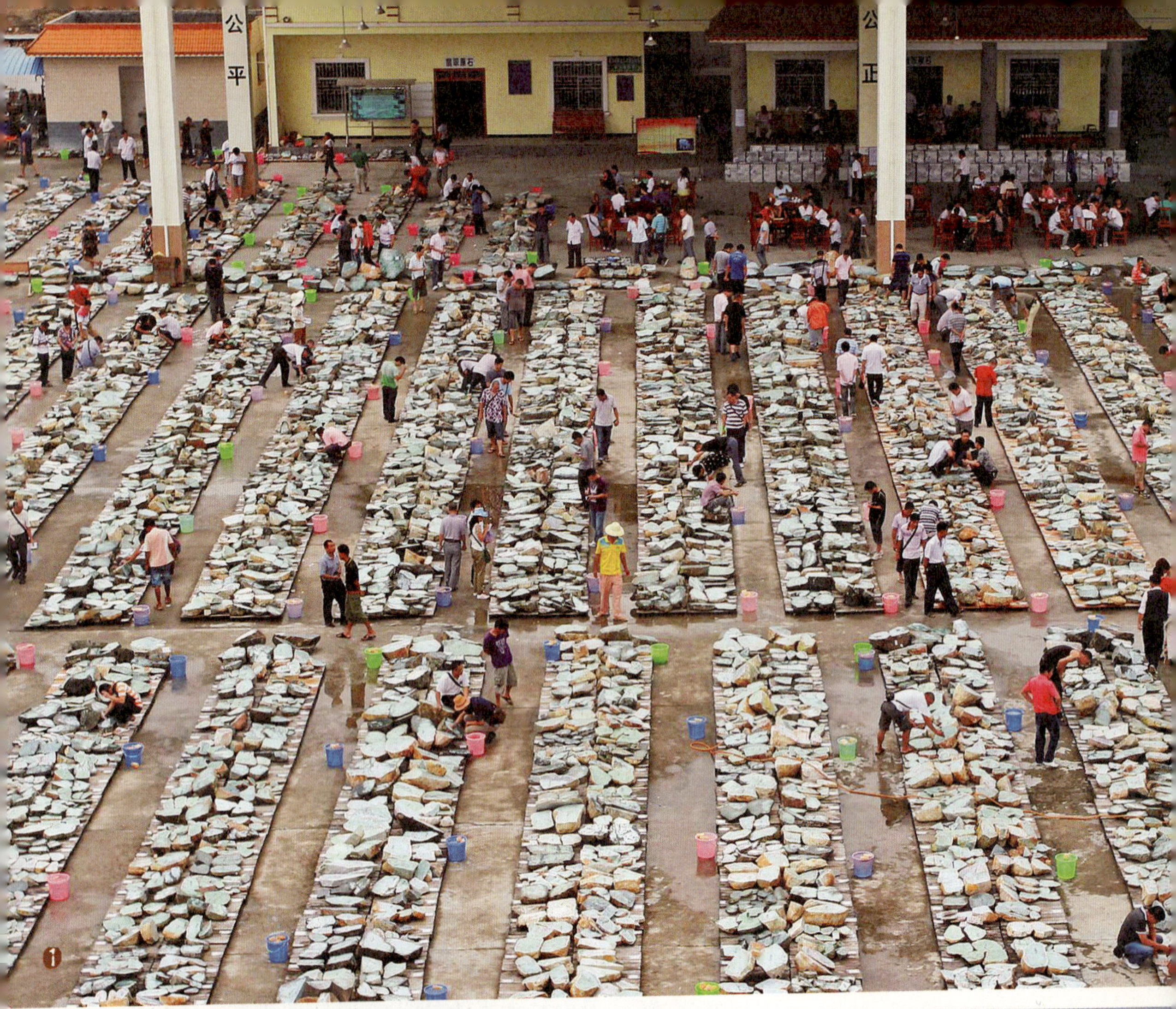

1

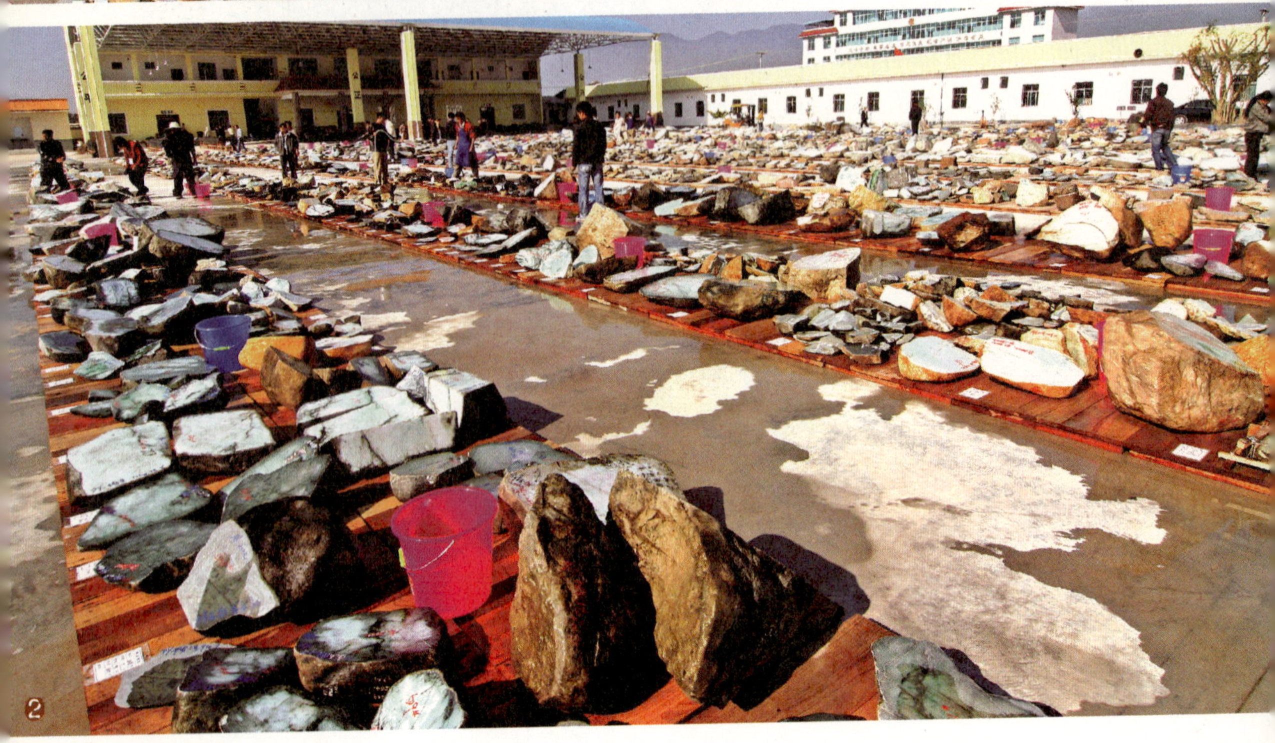

2

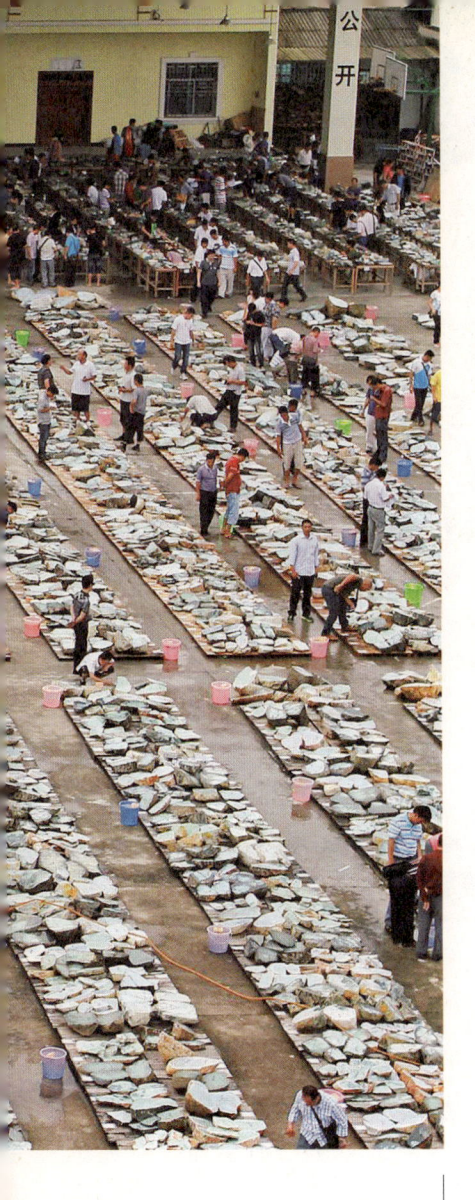

交易，推动了国内珠宝文化产业发展。

2008年，盈江建成了云南省首个翡翠毛料公盘交易市场，是继广东后的全国第二个翡翠毛料公盘，吸引了更多的货源及客商到盈江进行翡翠玉石交易，活跃了盈江翡翠市场。同时，将零散经营的翡翠毛料集中经营，让国内外不同人群、不同档次毛料有自己的市场，满足了国内珠宝市场的需求。他们以极高的创业热情从事翡翠珠宝设计、加工、打磨、抛光等工作，把先进的珠宝工艺、产品开发、设计理念带到了盈江。珠宝企业、珠宝店如雨后春笋般出现，推动了盈江翡翠文化产业发展，成为翡翠交易的重要载体。宝玉公司、玉锦公司等珠宝企业勇立潮头，成为盈江翡翠毛料交易的先驱，有力推动了盈江珠玉、旅游、餐饮、娱乐等产业的蓬勃发展。2011年12月7日，中华全国工商业联合会金银珠宝业商会授予盈江"中华翡翠毛料城"的殊荣。至2019年7月，盈江累计举行55次公盘交易，成为国内最有影响力的翡翠毛料公盘交易地之一。

盈江的翡翠毛料在于一个"缘"字。翡翠，一个美丽动人的名字，它披着神秘的面纱，变幻出七色的光彩，播洒出温润的吉祥，在东方大地上传扬。不仅受国内外珠宝商的青睐，还受消费者的喜爱，主要原因在于中国有着几千年的玉文化底蕴，继承对美玉的追求。与美玉结缘，是对翡翠玉石的精神追求。翡翠毛料公盘交易市场每年都迎来一轮又一轮的看玉热潮，来自国内外珠宝商、翡翠爱好者聚集到此，不管天阴下雨，还是阳光炙烤，他们顶着烈日，在翡翠毛料公盘市场看料、选料……只为能选到一块自己喜欢的玉料。有的把对翡翠的热爱融

❶ 盈江翡翠贸易历史悠久，是国内翡翠毛料交易最重要的市场之一

❷ 盈江翡翠公盘交易市场展示高、中、低档各类翡翠毛料，为国内外珠宝商采购翡翠毛料、学习交流提供了平台

❶ 客商选料多仔细

❷ 翡翠经设计、加工，被赋予丰富的文化内涵，提升翡翠的文化品位

入宝玉文化之中，作为人生修养的一门课程，在观赏翡翠的光泽、色彩的同时，享受能工巧匠对翡翠的精美设计、加工。有的视翡翠为"有生命、有灵魂"的石头，利用抽象思维，巧夺天工，精心构思，创作出具有个性的作品，使宝玉展现出多姿多彩的画面。

盈江的翡翠毛料在于一个"赌"字。赌石，是珠宝界一个古老而不衰的话题。翡翠毛料的买卖是珠宝界最神秘的一种交易，其神秘之处就在于赌字上。在科学发达的今天，还没有一种仪器能识得翡翠毛料的庐山真面目。从翡翠场口、皮壳、皮砂、花雾等各种因素看一块翡翠毛料，需要积累十几年的知识和经验。因翡翠毛料买卖风险大，带有赌性，故称赌石。赌石方法有5种：赌种、赌色、赌底、赌

雾、赌裂。夜幕降临，万家灯火，操着不同口音的珠宝商自带着宝贝，交流情感，品茗聊天，追忆赌石场上精彩的一幕幕。伴随着一阵阵刺耳的切割声，一块块翡翠毛料被切开，又迎来新的一场赌石。

如今，随着信息时代的高速发展，翡翠销售新兴的产物——"翡翠直播间"受到更多翡翠爱好者青睐，无论你在哪里，无论你在哪个国度，都可以通过直播间欣赏到各种各样的翡翠毛料或加工成品。通过直播，足不出户就可以购买到自己喜爱的翡翠毛料。这样既节省了很多跑市场的时间，也增加了更多选择的渠道，一举多得。

翡翠作为当今玉石界一颗璀璨的明珠，

❶ 翡翠加工成为珠宝文化产业发展的一项重要内容

❷ 翡翠是天然的艺术作品

真可谓。盈江翡翠毛料市场的繁荣,吸引着无数客商到盈江淘宝。平原镇幸福一、二巷成为东南亚翡翠毛料风情街,每天聚集着缅甸、斯里兰卡、印度等不同国籍的珠宝商,他们往来穿梭,相互交流。黄皮肤、黑皮肤、白皮肤商人身着不同服装,讲着不同语言,把翡翠毛料分类出售,有开窗口的,有密封的,有切成片的,更为夸张的是,有的翡翠称斤卖,有的成批量卖。走进珠宝街,左顾右盼,小吃有甩粑粑、米线、豌豆粉、饵丝等等,五花八门,见到的都是讲着不同语言、长相各异的人,感觉好像置身于异国他乡。各地客商、游人习惯了在晚饭后绕盈湖公园散步,顺便到这里挑挑翡翠毛料,分享与翡翠的美丽邂逅!到珠宝市场淘宝已经成了他们生活的一部分。

❶ 不同肤色、不同口音的人往来于幸福社珠宝夜市,从事珠宝交易活动

❷ 翡翠直播